U0947753

校服的裙摆

饶雪漫 作品

山東文藝出版社

果麦文化 出品

用校服的裙摆

跟你说最美的

再见

目录

Contents

CHAPTER 1
小三儿

『画外音』

童小乐：小三儿，你觉得咱们青木河最漂亮的是什么？

小三儿：咱们这些古老的房子。

童小乐：不是。

小三儿：那是东郊的凤凰山？

童小乐：也不是。

小三儿：那是什么呢？我说不上来。

童小乐：是你。

青木河及其他

故事开始的那年，我七岁。

我生活的小镇是个古镇，它有个很好听的名字，叫青木河。青木河镇有条贯穿全镇的不大不小的河，也叫青木河。那天我正在青木河边玩耍，捡了一根长长的木棍去挑掉落在水里的一个旧作业本。我不知道那本子是谁的，但我很想看看本子上都密密麻麻写了些什么。太阳照着我脏得不成样子的白裙子，我看到童小乐从河的那头狂奔而来。他走近我时，喘着粗气，瞪着眼睛，哑着嗓子对我说："小三儿，你妈死了。"

我妈死了！

童小乐说："你爸爸让你快点回家去！"

他的手用力地往后一摆，指着我家的方向。我顺着他的手指看到的是一片白花花的阳光，眩晕得差点站不住脚。

然后，童小乐牵着我的手一直跑一直跑，刚跑到家门口，我就被我爸爸狠狠地甩了一个耳刮子。屋子里传出一阵阵惊天动地的哭声，我舅妈的、外婆的、三姑六姨的，她们哭得那么声嘶力竭不可救药，好像天已经完全地塌了下来。我扶着墙慢慢地蹲下，抚摸渐渐麻木的脸颊，巴不得此时此刻耳聋目盲。

过了一会儿，童小乐偷偷地蹭到我身边来，问我："小三儿，你疼不疼呢？"

"你说疼不疼？"我很凶地喊回去。

"我有药。"童小乐神秘兮兮地掏出一个红色的小盒子，把它打开，巴巴地递到我面前，我闻到一种很特别很清凉的味道，于是忍不住使劲地闻了闻。

"我被我爸爸打了，就用这个。"童小乐说，"你试试，很灵的。一搽就不疼了。"

"不疼。"我把他的手一把推开，"用不着。"

"你别难过。"童小乐低声说。

我转头看他，他却不看我，低头拨弄着墙边的一棵草。

傍晚，我爬上小阁楼，看到一轮圆得不可思议的月亮。楼下的哭声终于停了，我可以清楚地听到阁楼上的小闹钟在嘀嗒嘀嗒地走，还有老鼠窸窸窣窣爬过的声音。那个时候我才彻底明白过来，那个从我很小的时候就只能躺在床上痛苦哼哼的女人走了，那个被我叫作妈妈的女人走了，以后，我再也不用替她洗脸洗脚或是端水送饭了。

我轻松了。

我可以在青木河边想玩多久就玩多久了。

我好像一点儿也不难过，七岁的时候，我就是这样一个没心没肺不知疼痛的孩子。

可惜，我高兴得太早。没过多久，我就被送进了学校读书。好像是什么干部到我家来，逼着我爸爸送我去上学。他们吓唬他说我已经过了七岁，如果再不送我去上学就要坐牢。爸爸一开始跟他们吵得很厉害，后来兴许实在是有些怕坐牢，于是就送我去了。

我没有新书包，背的是我爸爸以前用过的一个怪里怪气的黑包，好多年没用了，散发着一股难闻的橡胶一样的味道。上学的第一天，它就被高年级的男生从我的肩膀上扯下来，挂到了很高的一棵树上。我够不着那棵树，童小乐也够不着，我看到他在树下做一次又一次的跳跃，想要替我把书包拿下来，但是他做不到。

童小乐只比我大几天，他已经念二年级了。他在这个学校里资历比我深一些，可是一样被欺负，那些高年级的男生抱着手臂看着童小乐跳个不停，笑得东倒西歪，有个很胖的男生一面笑还一面说："努力呀，还差一点点就够得着了哦。"

童小乐的脸因为痛苦和激动已经涨红。

我在地上捡了一根树枝，粗粗的那种，走到那个胖男生面前，什么话也没有说，一下子就猛抽到了他的脸上。他被我打得尖叫起来，捂住脸，脸上的红印清晰可见。

我继续疯狂挥舞着手里的树枝，男生们被我吓得四下逃窜。我回过身来，用树枝指着那个胖男生说："你，去把书包给我拿下来！"

那男生显然被我吓到了，忘了我拿的不过是一根树枝而不是一把刀或是一把剑，他乖乖地把书包取下来还给了我，然后捂着脸跑掉了。童小乐用吃惊的眼神一直盯着我，像是看着一个陌生人，很久后他才长长地呼出一口气，对我说："小三儿，没想到你这么凶。"

其实我对童小乐一直都很凶，就像他对我一直都很好一样。我们从小玩到大，童小乐的妈妈对我一直也很好。那天我们回家后，童小乐的妈妈给我买了一个新书包，我清楚地记得那个书包的价格是十块钱，就在街边的一个小店里买的。小店的老板长着很难看的山羊胡子，他说："开学了，书包最好卖，十块钱算是很便宜了。"

童小乐一直冲着他做鬼脸。他都有些火了，在童小乐的背上重重地拍了一下，重复说："十块钱真的是很、很便宜了！"

我把爸爸的黑包拎在手里，背着新书包进了家门。正在饭桌旁喝闷酒的爸爸歪过头来看了我一眼，问："书包是怎么回事？"

我说："是童小乐的妈妈给我买的。"

"什么？"

"是童小乐的妈妈给我买的。"我的声音小下去。

他一把拖过我去，没头没脸地就是一顿狂揍。"我叫你要人家的东西，我叫你要人家的东西！你这死丫头，我们家的脸全让你给丢尽了……"

我不记得他打了我多久，反正肯定是打累了，才住了手。他继续坐到桌边去喝酒，我从地上爬起来，看到桌上只有一盘孤孤单单的花生米。我觉得脸上很腻很脏，于是走到水龙头前面洗脸，有红色的东西和着自来水慢慢地流到白色的搪瓷盆里。我知道我的鼻子又出血了，血流了很久都没有要停的意思，可是我真的不觉得痛。

那天晚上我没有吃饭。

第二天，我没有去上学，也没有吃饭。

黄昏的时候爸爸回来了，看着我，递给我一袋子米花糖，我没有伸手去接。他说："你不吃东西，是不是也想死？"

我不说话。

我觉得死并不是什么坏事。

他把米花糖硬往我手里塞，我拼命地往桌子后面躲，就在我以为他又要打我的时候，忽然有人来敲门了。

敲门的人是我的班主任秦老师，她二十多岁，长辫子，说话温柔极了，是很标准的普通话，跟在她后面的是屁颠屁颠的童小乐。秦老师摸摸童小乐的头说："这里真难找，多亏小乐给我带路，不然我还不知道要找多久呢。"

爸爸抢先说："老师，我们小三儿病了，明天就去上学。"

"呀，什么病？要不要去看医生？"秦老师把手放到我的额头上，她的手柔软极了，一贴到我额头上就让我有想睡觉的感觉，于是我闭上了眼睛。

"小三儿的身体是最棒的。"童小乐多嘴多舌地说，"她长这么大，都没有挂过一次水，我还挂过呢，去年得重感冒的时候。"

"是吗？"秦老师好奇地说，"干吗叫小三儿，难道你还有哥哥姐姐吗？"

"没有。"爸爸又抢先说，"就这么顺口叫的。"

"你的脸这边怎么了？"秦老师忽然把我的脸扭过去问。

"没什么。"我别过头，轻描淡写地说，"碰了一下而已。"

"下次小心点儿哦。"秦老师微笑着说，"我还有事先走啦，要是病好了，明天记得来上学！"

"好的。"我说。我把嘴咧开来，用一个非常做作的微笑送她离开，那微笑让我的脸变得无比僵硬，但我还是坚持了好长时间。

秦老师前脚刚走，爸爸后脚就出了门。

他什么也没有说，只是破天荒地在桌上留下了五块钱，旧旧的已经毛边的纸币，用一个碗压着。

"走。"我把纸币飞速地从碗下抽出来，对童小乐说，"我请你吃面条去。"

童小乐出人意料地沉默，他默默地和我一起来到街头那家叫"王记"的小面馆，黄昏时的小面馆十分冷清。我狼吞虎咽地吃下了一大碗红烧牛肉面，把汤也喝得干干净净，抬起头来，才发现童小乐的面一点儿也没动。他只是看着我，眼神忧郁得有些神经质。

"你不饿吗？"我问他。

"他打你了。"童小乐盯着我的脸说。

"你不吃我吃。"我用双手把他的碗拖到了自己的面前。然而就在那个时候，我听见自己响亮地打了个饱嗝。

这个饱嗝让我觉得丢脸极了，于是我站起身来就冲出了面店。童小乐追上来，在我的身后喊："为什么你不告诉老师他打你了？

为什么？你知不知道就算是做爸爸的也不能乱打人，要是打过分了，可以把他抓起来！”

“你有完没完？”我回过身去看着童小乐说，“你这个讨厌的家伙，你是不是想让他被抓起来？你是不是想让我什么也没有？”

喊完后，我跑掉了。

童小乐没有追上来。

我在青木河边一直坐到天黑。很黑的夜，天上却有一朵很白的云。月亮不停地在云边滑来滑去，像是要寻求一种温暖。

我没有月亮。

这个月亮是很多人的，但不是我的。

小阁楼和公主裙

两个月后，我被告知，我有新妈妈了。

那是个快四十岁的女人，长相还可以，但牙很黄，说起话来声音很大。

我放学的时候，她站在我们家的外屋，正在指指点点地说：“这里改造一下，开个杂货店是完全可以的，地方这么好，不利用起来可惜了！”

“是的，是的。”我爸爸说。

女人把手臂张得老开。“我们可以卖得比别家便宜一点。我哥就是开超市的，很大的超市，连锁的，要什么有什么！这方面我有经验！”

“是的，是的。”我爸爸说。

说完，他看到了我，把我一拉，拉到那个女人面前，说：“小三儿，叫妈妈。”

“就是她？”女人看着我，身子往后仰一点，用惊讶的口吻说，

“你女儿长得很漂亮啊，不像是你生的！”

我爸爸脸上红一阵白一阵的。

“我是我妈妈生的。”我说完这话就进了里屋。

屋外传来那女人的大笑，我听到她跟我爸爸夸我很有意思，她又重复了一次，很大声很大声地说：“这丫头真的很漂亮，真的不像是你生的。”

她的喉咙就像是破锣做的。

后来我知道，这个女人是外省人，一条腿有点跛，左耳失聪，离婚后一直没有结婚，也没有孩子，有一点积蓄，是我姨妈介绍给我爸爸的。

我爸爸以迅雷不及掩耳之势娶了她。

除了“迅雷不及掩耳之势”这个词，这个女人来到我家后还让我深深懂得了另一个词：大刀阔斧。首先，她改造了我家的房子，翻新不说，我们家的外屋还真的被她变成了杂货店，卖很多乱七八糟的东西，没人来买东西的时候，他们就支上桌子打麻将。我本来一直在外屋有张小床睡觉，现在，我只好睡到阁楼上了。不过这倒是我愿意的。女人也挺勤快，把阁楼上收拾得很干净，还买了药水来打。老鼠没有了，小窗户上加了纱窗，夏天的时候我可以开着窗睡觉，有风吹来，不会有蚊子。然后，女人开始改造我爸爸，有一天我爸爸忽然穿上了西装，头发吹得一边倒。他直着身子从我面前走过去的时候我居然没有认出他，还以为是到我家来买东西的顾客，一直到他开口说话的时候我才发现是他，当时我真的是吓了好大一跳。一个你一直认为很熟悉的人忽然变得一点儿也不熟悉了，你想不吓一跳都不可能。

再过了些时日，女人开始想改造我。她给我买了一条公主裙，粉红色的那种，硬是要我穿上试试。我很坚决地告诉她我是从来都不穿裙子的，我不喜欢穿裙子。她用两根手指拎着裙子用一种无限同情的眼光看着我，不气馁地说："穿上看看？"

我转身跑上了阁楼。

那天晚上我又被打了，是因为吃饭的时候把碗和筷子碰得叮当响。我爸爸说我这是"没修养"的表现，他手里的筷子很"有修养"地落到我的身上，啪的一声打中了我的脖子，我疼得当场从椅子上摔到了地上。女人说："啧啧啧，打什么打，孩子是要教育的哇。"我爸爸就打得更欢了。

我没有哭。我一直没有哭。

因为我知道，只要我不哭，我就赢了。

那条公主裙后来穿到了我一个表妹的身上。我那个表妹差不多有两个我那么宽，穿上那条裙子，就像动物园里的小丑，可她偏偏得意非凡。你看着她的样子想不郁闷都不行。

我要做的事开始越来越多，洗衣服，洗碗，在他们打麻将打得如痴如醉的时候替他们看店。每晚，女人都会把钱细细地数一遍，然后大声吩咐我说："小三儿，洗脚水给我端上来！水不要太烫哦，用手试一下！"

她不这样打招呼也许还好一些，她这么一讲，我就老有一种要用开水烫她的冲动。但事实上，我当然什么也不敢做，我忍辱负重，只盼着这样的日子可以早一天结束。

有一天清晨，我起来的时候就觉得身体不太舒服，于是没有吃早饭。他们要上城里去进货，命令我在家里看店、洗衣服。那衣服有整整的一大盆。女人诱惑我说：“你在家乖乖洗衣服，再把家里收拾干净，把店看好，钱数好，回来的时候，我给你买一个布娃娃，好看的。”

“我要上课的，”我有气无力地说，“不然老师会找来。”

“一天不上有什么要紧！”爸爸说，“老师来了你就装病！”

“不可以的。”我说。

“老子说可以就可以！”爸爸把拳头举起来。

我还是背着书包往外走，他一把将我扯回来，拿着粗粗的洗衣棒就敲我的头。我被敲得眼冒金星，伸出手就去抢他的洗衣棒。他没想到我会一而再再而三地反抗，于是愤怒地抓住我的衣领，轻而易举地把我拎了起来，不顾我的尖叫，一直把我拎到了小阁楼上。我听到嗒的一声，他用一把铁锁锁上了小阁楼的门。然后我听到他喊：“上你个龟儿子的学，老子喊你做点事还喊不动了，养你这死丫头有什么用！”

我的头被他敲得疼死了，只想睡觉，于是我对自己说，也好，就这样睡一会儿，也好。

没想到的是，我被关了一整天。一直到晚上，我开始发烧，并饿得头晕眼花。在这期间，我听到童小乐数次敲门的声音，但是我没有力气回应他。我把头从小阁楼的窗户伸出去，呼吸了一下新鲜的空气。我全身发烫，喉咙发不出任何声音，我希望童小乐可以绕到后面来看一看，但是他始终没有。

我竖起耳朵，也一直没有听到他们回来的动静。因为饿，我开始觉得冷；因为冷，我开始觉得怕；因为怕，我烧得越来越厉害。我想喝一口水，想扑到清凉的青木河里去透口气，我希望有人来带我出去，但是，没有。

什么都没有。

只有那轮不属于我的月亮，在远远的天边无用地照着。

再醒来的时候，我已经在县医院里，那是我长那么大第一次去县城。我透过病房的窗口看到了一幢很高的灰色的楼，再转过头来，看到了童小乐的妈妈。

“好了。”童小乐的妈妈爱怜地摸摸我的脸说，“小三儿，大难不死，必有后福。”

“我怎么了？”我问她。

“你病了。你爸妈出去进货，耽误了时间，第二天一早才回家，发现你已经烧得昏过去了，急性肺炎，镇里的医生说是治不好了，多亏了秦老师坚持要送到县医院……”她一面说一面抹眼泪。

正说着，秦老师和童小乐一起进来了，原来，秦老师带着童小乐去给我买吃的去了。我狼吞虎咽地吃下了一大碗馄饨。秦老师说：“小三儿你放心，我们教育过你爸爸了，以后他再也不会打你。”

童小乐说：“他要是打你，你就告诉秦老师。秦老师会告诉派出所！”

我低头不语，无论说什么，我都会觉得羞耻。

七岁的时候，我的爸爸让我懂得了“羞耻”这个词最深刻的意义。

我的病很快就好了，我回到了镇上，回到了那个我永远都不想再回却不得不回的家。我看着那两个人的眼色小心行事，每天不得不洗一大盆的衣服和所有的碗筷，在他们打麻将的时候，捧着一本语文书等着别人来打酱油或是买包烟。我还是穿着旧旧的衣服在破旧的校园里穿行，没有好朋友，每天上学放学，只有童小乐会跟在我的后面，说一些不太有意思的笑话给我听。就在我觉察不出生活有什么意思的时候，忽然发生了一件我从来都没有想过会发生的事。

什么都是突如其来。

那天放学，我们一二年级所有的女生都被赶到学校的操场上排队集合。校长领着好几个我没见过的人站在台上指指点点，他们穿着很夸张的有好多口袋的衣服，还有人扛着一个很大的照相机一样的东西（后来我才知道那叫摄像机）走来走去。校长的表情很严肃，秦老师则看上去很轻松，她拍拍我前面一个女孩子的肩膀说：“大导演来选角儿啦，挑小演员，演电影！你们都要好好表现呢，选中了，也给我们学校长长脸！”

那些女孩都兴奋极了，叽叽喳喳个没完没了。我看着自己的手指发呆，看完了手指又看天，看完了天再看教学楼的一角，被太阳晒得晕头转向，我只盼望这一切早点结束。就在这时候，忽然有人把我一把推到了前面去，我还没有反应过来，面前一个长着大胡子的男人点了点头说：“就是她了。”

“她吗？”校长说。

“是。”大胡子肯定地说。

说完，大胡子在我面前蹲下来，问我：“想不想拍戏？”

我想也没想就说：“不想。”

大胡子一拍大腿说：“就是这个表情，就是这个感觉，绝了！”

我被他弄得稀里糊涂完全没有方向。

秦老师从后面挤过来，兴奋地握着我的手说：“真好，小三儿，导演选中你了，还不谢谢导演？快谢谢导演！”

“谢谢导演。”我稀里糊涂表情僵硬地说。

导演指挥着他手下的人，说：“请老师帮着联系一下，马上跟她家长签合约，明天就开拍。小李，你今晚负责跟她说戏！晚上让她住在宾馆里，别回家住了。”

我忍不住转头问秦老师：“他们要干吗？”

“傻孩子。”秦老师低声对我说，“这可是全国最有名的大导演啊，来咱们青木河拍戏，戏里要个小演员，选中你啦，多让人高兴的事啊！”

“我不会演戏。”我说。

“导演说你行你准行！”秦老师坚定地说，“这是全国最有名的大导演。”

结果，那天我没能回家。一个大姐姐把我接到了青木河最有名的宾馆，是三星级的，饭菜很香，床软得让你一挨着它就想睡觉。我刚要睡着的时候来了个中年女人，她拎着一个大包，告诉我她姓李，是导演助理，负责来跟我说戏的，跟我住在一个屋。

我那时不明白什么叫“说戏”，虽然很累很累了，但吃了他们的饭睡了他们的床，就只好强撑着眼皮听她说下去。她从包里掏出一个厚厚的本子，一面摆弄着那个本子一面开始跟我说故事：“有一个全国有名的音乐家，因为婚姻的不幸，离开了他最深爱的舞台，带着他有自闭症的女儿来到了乡下定居。”

说到这儿，她停住了，看着我说：“你要演的就是这个音乐家的女儿。”

“什么叫自闭症？”我问。

她想了一下说：“就是不说话，活在自己的世界里。”

“哦。”我说。

“我继续讲，你认真听啊。”她摆弄着本子继续讲下去，“后来，一个美丽的乡村女教师出现在他们的生命里，给父女俩的生活带来了欢笑。女儿的病终于好了，音乐家也重新鼓起勇气，回到了北京，回到了他热爱的舞台。他复出后的演出非常成功，可是这时候，却传来了乡村女教师患了绝症的消息……在这部戏里，虽然你没什么台词，却是一个非常重要的角色，是联系音乐家和乡村女教师情感的一条纽带，特别是……”

她讲到这里的时候忽然停住了，因为宾馆外面传来了一阵很嘈杂的声音。我们一起站起身来趴到窗口看，发现宾馆外面全都是人，好多保安一直在拦啊拦的，连警车都开过来了。

“怎么了？”我问。

“还不都是叶眉吗？”李老师叹口气说，“她走到哪里都这样。”

“叶眉是谁？”我问。

“难道你不看电影吗？”李老师奇怪地看着我说，“或者，看电视？”

我摇摇头。

“她可是现在最红的明星啦。”李老师说，“在这部戏里，她演的就是乡村女教师。你到最后要喊她妈妈的，你是很幸运的呢。”

“哦。”我说。

我们坐回床边，李老师继续跟我说戏，但是我眼皮实在太重，最后很不争气地睡着了。睡到半夜的时候，我忽然听到一声吓人的尖叫，看到李老师从床上弹了起来，打开了房间的门。我也跟着跑了出去。

那是我第一次看到叶眉，她穿着漂亮的睡衣，披着长发，赤着脚，惊慌失措地站在过道里，指着自己的房间，慌乱地说：“有，有老鼠。”

“叶眉小姐，不可能的。”服务员慌慌张张地说，“我们这里是才装修过的，不可能有老鼠的。”

“唉，我来陪你睡吧。”李老师走上前，拉住叶眉说，“快睡觉快睡觉，明天一早就要拍戏，辛苦着呢。我替你看着，保证没事。”

李老师走了两步，忽然回头看着我说：“小朋友你怕不怕？要不也过来跟我们一块儿睡？”

“我不怕的。”我说完，回房间，关上了门。

那天晚上，我并没有看清叶眉的模样。

第二天一早，我在餐厅里吃早饭的时候，秦老师来了，她跟我说让我安心拍戏，每天晚上会过来给我补功课，还告诉我我爸爸妈妈也特别高兴。

我偷偷问她："要拍多久？"

"一个月吧。"秦老师说。

"要那么久？我都不用上学，也不能回家？"

"家这么近，你随时可以回去看看啊。"秦老师说，"学习我刚才说过了，你不用担心，我们学校会安排老师给你补课的。你能演这部戏，不仅是我们学校的骄傲，也是我们全青木河镇的骄傲啊。"

"哦。"我说。

"对了，你有没有看到叶眉？听说她在戏里演你的老师。"秦老师低声问我，"她本人是不是跟电影里一样漂亮？"

"我不知道。"我说。

我没有看过电影，也没有见过电影里的叶眉。我当然什么也不知道。

"记得给我要个签名。"秦老师走的时候，咯咯笑着对我说。

吃过早饭，我被李老师牵到一个临时搭成的化妆间，只见叶眉已经化好了妆，坐在一把高高的椅子上。她穿着非常普通的乡村教师的衣服，但是她的脸只能用四个字来形容：光彩照人。

我从来没有见过这么漂亮的女人，有点傻傻地看着她。

"嗨。"她坐在高高的椅子上跟我打招呼，"你是蓝蓝吗？我们昨晚见过啦。"

"我不叫蓝蓝。"我说。

“在这部戏里，你叫蓝蓝，所以从今天起你就得叫蓝蓝。”叶眉从椅子上跳下来，拍拍我的头说，“快，叫我陶老师，从今天起我叫陶老师了。”

她笑起来真迷人。

我昏头昏脑地喊：“陶老师。”

“你还要叫我爸爸。”一个浑厚的男声忽然从我的身边响起。我转头，看到一个中年男人，他长得很好看，阳光帅气，正微笑着看着我。后来我才知道他姓程，叫程凡，和叶眉一样，全国知道他们的人成千上万。

“叫啊。”李老师在旁边催我。

我叫不出口。

“该你化妆啦。”就在这时候，有人把我从叶眉的身边一把拉走，“快，换衣服去。”

救我的人是化妆师，他把我带到一堆漂亮的衣服前，把衣服拎起来比着，把我弄得眼花缭乱，好一阵折腾，才终于把我收拾好。我被他推到众人的面前，叶眉第一个叫起来：“跟我小时候一模一样呵。”

“是啊，很漂亮很漂亮啊。”一堆人都在附和。

就这样，我正式开始了我的演艺生涯。

我在拍戏的前三天就爱上了这种生活，叶眉他们老喊累，可是我一点儿也不累。因为我在戏里不用说话，我被“爸爸”牵着下火车，找房子，找学校，坐在窗边听“爸爸”拉小提琴，一句话都不用说。导演对我说，只要用眼睛和心演戏就可以了，自闭症的孩子，是不爱说话的。

我很庆幸两点。第一点，我不用说话，因为我的普通话实在是糟糕透了；第二点，自闭症是病，但不是神经病。我不能让人家笑话我第一次演戏就演一个神经病。

镇长对剧组非常支持，还特别把他的家借给我们拍戏。镇长夫人对我也很巴结，称我为“小明星”，我一去，就给我拿饮料喝。程凡叔叔的小提琴拉得很棒，黄昏的时候，太阳落山了，他站在镇长家的院子里拉着小提琴。我听着琴声，心就有些要碎裂的感觉，眼睛忽然变得潮湿，有一种想奔跑的冲动。可是导演一直要我玩玩具，脸上不可以有表情，要像什么都没有听见一样。

那时候我觉得导演真是最残忍的人。

后来我入戏后，才开始觉得，得自闭症最残忍，真还不如得神经病。

我们镇上有个神经病女人，她笑起来的时候还挺甜。有时候我和童小乐到她家院子里偷葡萄吃，她也不骂我们，还冲我们直乐。

可是“自闭”，真的是一点儿感觉也不能有。

有一场戏，是拍我走丢了，我一直一直在青木河边跑，后来躲在了草丛里，“爸爸”和“陶老师”还有“村民”一起来找我，拼命地喊我的名字。就是那场戏，我看到了我真正的爸爸和大嗓门后妈，他们是群众演员，一起跟着喊：“蓝蓝，蓝蓝……”喊着喊着就变成了：“小三儿，小三儿……”

我听到导演骂他们说：“是喊蓝蓝，不是喊小三儿！”

他们露出我从没见过的谦卑的笑容。

我蹲在草丛里，腿渐渐发麻，看着我一直非常熟悉的青木河，忽然开始困惑，不知道自己究竟是谁，是来自北京的著名音乐家的女儿蓝蓝，还是一直在这贫穷逼仄的土地上长大的小三儿？

这种交错的幻想让我窒息，我这么想着，昏了过去。

导演本来就是要让我昏的，可我是真昏过去了。

那场戏，导演说我演得逼真极了。

好在我恢复得快，当天晚上就活蹦乱跳了。不过叶眉却真的发起烧来，烧得很厉害，戏也不得已停了下来。镇长夫人买了药，又熬了稀粥给她。我一口一口地喂她，她强笑着说："蓝蓝你真能干。"

她不知道，这是我的拿手绝活儿。从五岁起我就开始这样喂别人饭，直到她离去。

那个人是我真正的母亲，演过这部戏后，我才明白我跟她之间的关系淡到让人绝望的地步。

我想再去好好爱她的时候，她已经永远不在了。

我永远不会有机会去爱自己的妈妈，多绝望。

戏停了，好多费用还得交，导演急得上火，三五分钟便到叶眉房间问一次何时可以上戏。我终于忍不住顶撞他说："等陶老师休息一下不行吗？"

导演看看我，摔门而去。

叶眉伸出一只手，将手心放到我的脖子上来，她的手心滚烫滚烫的。我把湿毛巾叠好放到她的额头上，让她睡觉。她听话地睡着了。

第二天下午，叶眉的病终于好了许多，她坐起身来，让我给她梳头发。就在这时，李老师推门叫我："蓝蓝，你有同学找你。"

"让他进来啊。"叶眉说。

过了好半天，童小乐才磨磨蹭蹭地进来，看了我半天后说："你穿得这么漂亮，我都不认得你了。"

我好多天没见童小乐了，他好像长高了一点点，书包带子被拉得长长的，斜背着书包，装帅气。

"同班同学啊？"叶眉问我。

"不是，我们是邻居，我比她高一个年级。"童小乐抢着答。

"那就是青梅竹马喽。"

童小乐的脸忽然红得像个番茄，然后他拉着我说："出去，我有话说。"

我们在宾馆过道的一扇小窗户前站住了。童小乐问我："小三儿，你好多天没回家了吧？"

"嗯。"我说。

"你还是回家看看吧。"

"要导演批准才行呢。"

"那你拍完这部戏回家吗？"

"当然，不然我能去哪里？"

童小乐用鞋在宾馆的地毯上蹭啊蹭的，蹭了半天才问我："小三儿，你觉得咱们青木河最漂亮的是什么？"

"咱们这些古老的房子。"

“不是。”

“那是东郊的凤凰山？”

“也不是。”

“那是什么呢？我说不上来。”

“是你。”

童小乐说完这些莫名其妙的话，就背着长带子书包慌慌张张地离开了。我回到房间，叶眉已经梳起辫子来了，看上去神清气爽，更加漂亮。

“陶老师，”我问她，“外面是什么样的？”

“什么外面？”

“就是青木河外面。”

叶眉的回答让我很失望，她说：“在我看来，在哪里都一样。”

不过她又说：“等这部戏拍完了，姐姐带你到外面去看一看。”

她戴上墨镜和草帽，要我陪她去商店买点东西。我想问她做明星是不是很累，但没有问，因为我发觉这是个很愚蠢的问题，不累才怪呢。

没想到爸爸在宾馆的外面等着，他跟叶眉说好多天我都没回过家了，要带我回家吃顿饭。叶眉拍拍我说：“快去快回吧，晚上李老师还要跟你说戏呢。”

“对，快去快回。”爸爸说，“吃完饭就送回来。”

我跟着爸爸回到家里，“大嗓门”做了好几样饭菜，爸爸把椅子往我面前一放说：“坐。”

我疑心自己听错了，他又说：“坐。”

我坐下，他们俩轮流替我夹菜，“大嗓门”问我宾馆里的菜是不是很好吃。我一扭头，忽然发现货架上的东西全都没有了。我猛地一回头，他们都把头低下来吃饭，不看我。

“怎么了？”我说，“不开店了？”

“哦哦！”女人说，“歇歇，太累了，歇歇再开。”

我不知道他们有什么好累的。

“你拍戏不累吧？”爸爸问。

“还好。”我说。

“小三儿，”爸爸说，“你再去问一下那个导演，看有没有什么别的戏可以演的，我可以再跟他签一个合同。”

“什么？”我没听懂。

“就是拍完这个，还有没有什么要拍的。”爸爸说。

“拍完这个他们就离开青木河了，不会拍了。”

“你不问怎么知道！”爸爸急得开始拍桌子，拍完后可能觉得自己有点凶，压低声音说，“你再问问去嘛。”

我放下碗筷就往外跑，一直跑到童小乐的家门口，拼命地敲门。他们一家子也在吃饭，童小乐的妈妈热情地招呼我说：“呀，小三儿，吃饭没？来来来！”

我粗声粗气地对童小乐说：“你出来一下。”

他摸摸后脑勺出来了。我把他拉到门外边，问他：“什么事？你一定知道是什么事，对不对？”

“我也是听说的。”童小乐继续摸后脑勺。

“说啊！”我不耐烦地推他。

童小乐说："都是你姨妈干的好事。听说你后妈本来嫁了个老头子，可是她不喜欢，骗了人家的财礼后逃掉，才嫁给你爸爸的。结果人家找到青木河了，搬光了你家的货不说，还要你家赔一万块，不然就要你家的房子。"

童小乐的妈妈也走了出来，扶住我的肩说："大人的事情小孩子别管。小三儿你别急，你爸爸自然会有办法的。"

我没有回家，摇摇晃晃地回到宾馆。童小乐一直在我后面跟着，见我进了宾馆的大门才止步。

叶眉买完东西回来了，将一大堆零食放到桌上，热情地招呼我："吃啊吃啊。"我说："我吃不下。"她说："蓝蓝，你怎么了？脸色这么难看！"

"没事。"我说。

"蓝蓝，你是不是累了？要是累了就睡吧。"

"什么叫合同？"我问她，"演戏是不是要签什么合同？"

"怎么想起来问这个？"叶眉说，"拍戏的话当然要签合同了。"

"为什么我没签？"

"你还没成年，要签得跟你家大人签啊。"叶眉说。

"那我拍这个戏可以拿多少钱？"

"这我就不知道了。"叶眉说，"改天我帮你问问吧。"

"不用了，谢谢。"我说。

灭

我又是好多天没回家。

夏天来了。

那天，是最后一场戏。

夜里十点，专车送我和“爸爸”直奔医院，叶眉早就化好了妆躺在病床上。“陶老师”要死了，脸色苍白，但她看到我和“爸爸”，眼睛里立刻发出光来。“爸爸”应她的要求，给她拉起了小提琴。在优美的旋律中，她微笑着慢慢地闭上了眼睛。我扑到她的床头，拼命地哭喊：“妈妈，妈妈，妈妈！”

这是我在整部戏里唯一的台词。

叶眉和程凡都演得好极了，他们深深地感染了我，让我完全忘掉了自己是在拍戏。我忽然想起了妈妈离去的那一天，我没有喊她，甚至都没能看她最后一眼，她就那样仓促地永远地离开了。我扑到“陶老师”的床边，在“爸爸”惊奇的眼光里，用尽全身力气呼喊着“妈妈”，几乎流尽了我所有的眼泪。我一只手抓住她的衣袖，一只手拍打着她的脸，我已入戏太深，生怕她会真正地离去。

叶眉的眼睛睁开了一下，脸上露出欣慰的微笑，又闭上了。

程凡也流泪了，他从后面紧紧地抱住我，泪水流到我的脖子里。

导演激动地说："Cut。"

医院的门就在这时候被人猛地一把推开了，我擦掉泪水，看到的是童小乐。童小乐跑得一脸都是汗，用力往后一挥手，喘着粗气，瞪着眼睛，哑着嗓子对我说："小三儿，你家、你家着火了！"

我推开众人撒开腿就往医院外面跑。医院离我家不算太远，我奔出去没五分钟就看到了远处的熊熊火光，还听到消防车呜呜作响的声音。火光映红了半边天，全镇的人差不多都出来了。

我只觉得双腿发软迈不开步子，好不容易跑到近处。有人拽住我，硬是不让我靠近。童小乐也跑近了，叶眉、程凡、李老师、导演都来了。叶眉一把抱住全身颤抖的我，把我的头按到她的怀里。

不知道过了多久，火终于慢慢熄灭了。我拼了命才挤到那片废墟前，看到有人抬着什么东西出来，跟在我身后的程凡一把蒙住了我的眼睛。

那次火灾把我家烧得精光，还殃及了好几家邻居。那是青木河镇史上最大的一次火灾，死了三人，伤了六人。除了惨烈，它还牵扯出一些足够给人丰富想象的细枝末节，所以对于青木河镇的人来说，很多年后提起依然津津乐道或是心有余悸。

死的三人中，除了一个七十多岁的老太婆，就是我的爸爸和“大嗓门”。

我在心里一直喊她“大嗓门”。直到她死，我都没弄清她的名字。

剧组就要离开青木河镇了，走之前叶眉来找我，那时我正在姨妈家洗一大盆的衣服。叶眉穿了条很好看的红裙子，没有戴墨镜也没有戴帽子，甚至没有化妆，身后跟了一大堆热情的叽叽喳喳的影迷。叶眉把我姨妈家的院子门砰的一声关起来，把那些好奇的眼睛统统关在外面，然后蹲到我面前问：“小三儿，你愿不愿意跟我走？”

我沉默了很久，然后摇头。

“我可以带你走的。”叶眉说，“去省城，我让你上最好的学校。”

我还是摇头。

叶眉问：“为什么？”

我不答。

她叹气，拿起我全是肥皂泡的小手在水龙头下冲干净，从手上取下一条漂亮的手链，为我戴上。然后她说：“小三儿，我留电话号码给你，你需要帮助的时候记得找我。”

她蹲在地上，从包里拿出一张白纸，写上她的电话号码。然后，她把纸叠起来，放进我的上衣口袋，再次叮嘱我说：“记得，有事可以找我。”

“嗯。”我说。

“再见，小三儿。”叶眉说完，在我的额头吻了一下，拉开门走了。红色的裙摆一闪之后，童小乐从门外蹿了进来，充满好奇地问我：“叶眉跟你说什么了？她有没有给你钱？”

“你走开！”我费劲地端起一大盆衣服往里走，不理他。

那晚，姨妈偏说家里丢东西了，然后就一直在家里找东西，最后一直找到我的书包里和衣服口袋里。我闭上眼睛，装作睡着了。

她没有找到她想要的，只好把叶眉留给我的手机号掏走了。唯一庆幸的是，我把手链藏到了院子里的杂草丛中。

就在这时候，有警察来敲门，他们高声喊着我姨妈的名字，然后，在我表妹声嘶力竭的哭声里，带走了姨妈。

原来，这场灾难的确是“大嗓门”给我们家带来的，纵火的人本意是要吓唬吓唬他们讨回财礼钱而已，谁知道竟会弄假成真。“大嗓门”是我姨妈介绍给我爸爸的，她当然脱不掉关系，被关了好些天，因为证实和纵火无关，最终才被放了回来。

回来后她跟我说的第一句话是：“灾星，你要去哪里就去哪里，不许再待在我家里。”

很多年后，童小乐告诉我：“放火的人被抓到了，我去听了审判，你想知道他们最终被判了什么刑吗？”

我摇摇头。这些对于我都不重要了，因为，青木河已经成为过去，小三儿也已成为过去。那些过去，早就随着时光灰飞烟灭，不留丝毫痕迹。只要不刻意想起，就如同从来未曾发生。

CHAPTER 2
林小花

『画外音』

罗宁子：我总是觉得，你和我们是不一样的。

林小花：哪里不一样?

罗宁子：你总有一天，会远走高飞。这里留不住你。

林小花：真的吗，像鸟儿那样?

罗宁子：对，像鸟儿一样。

林小花：可是你说，鸟儿这样一直飞，会不会累?

罗宁子：不知道，但也许它不飞，就会死掉。

想飞的鸟儿

小三儿是我的小名，林小花是我的大名。

自从我到福利院以后，就再也没有人叫我小三儿了。所有的人都叫我林小花。林小花，这真是个俗气透顶的名字，可是我必须得忍受。

记得秦老师在教我们认字的时候说:“忍，忍，大家记住了，忍字头上一把刀。”

可在我看来，再也没有比这个更混账的字了。

福利院靠县城较近，离青木河差不多有一百公里，可对于八岁的我而言，却已经全然是一个陌生的世界。车子载着我和秦老师走的时候，童小乐一直跟着车追啊追追啊追，我猜想他一定在喊我的名字，可是我听不见。透过车后视镜那面肮脏的玻璃，我看到童小乐终于变成了一个小小的黑点。

我转过头来，开始晕车。

我从没坐过这么长时间的车，好在秦老师准备了塑料袋。我一路上什么事都没做，就是埋着头吐啊吐，像是要把五脏六腑都吐掉，只剩个空壳才罢休。秦老师同情地看着我，不停地给我拍着背。吐的间隙，我把头埋在她的双膝上喘气。

车停下来的时候，她买矿泉水给我喝，可是我水也不能喝，喝水也吐。

“早知道给你吃点晕车药就好了，听说蛮灵的。”她后悔地说。

“没事。”我说完了，又吐得昏天黑地。

好不容易下了车，已经是下午四点钟了。我们问了路，还需要步行十五分钟。一面走，秦老师一面跟我说：“小三儿，记住，无论发生什么事，都不要轻易地掉眼泪，要忍住。你越哭，越容易被人欺负。还有，我的电话号码别弄丢了，有什么事，记得一定要给我打电话。”

我不说话，只是拼命地点头。因为一说话，肯定会流泪。

就这样，我被送进了福利院的大铁门里，那个个子很高的女人一直拖着我朝里走，不许我往后看。但我还是忍不住往后看了，隔着很远很远的距离，我清楚地看到了秦老师眼里的泪光。我不顾一切地挣脱那个女人往回跑，跑近了，可是铁门已经关了起来。我和秦老师只能隔着铁门手牵着手，不能拥抱。

“秦老师，别丢下我！”我哭喊着，“求求你带我回去！”

“乖，小三儿！小三儿乖！”秦老师哽咽着说，“你放心，老师一定帮你想办法，找个好人家，让他们领养你。你就在这里暂时住一阵子，老师有空就来看你。”

“不要，不要，不要……”我的声音一声比一声低，双手无助地摇着铁门。

高个女人从我身后走来，把我的手从铁门上掰开，示意秦老师先走。秦老师狠狠心，转身走掉了。

我绝望地往后退，没有喊，因为我心里清楚，喊是没有用的。

秦老师不是没有想过领养我，可是她家里有生病的妈妈，还有正读大学的小弟，她实在是没有办法，我知道。

因为绝望，我的下唇被咬出了血。

高个女人替我拎着我的大包，包里的东西都是别人送的，一些简单的衣物和日用品而已。我们穿过一个小操场，最终来到一个很大的房间，里面摆满了床。高个女人一拍手，我的面前就忽然密密麻麻地站了一堆人，都是女孩，每个人都用好奇的眼神看着我。不知道为什么，我感到一丝恐惧，因为我感觉她们和我以前班里的同学很不一样。

至于哪里不一样，我说不上来。

“这是林小花，以后她住你们宿舍，大家欢迎她。”

屋内响起了噼噼啪啪参差不齐的掌声。

高个女人把我的包往附近的床上一扔说：“林小花，你和罗宁子睡在一起。”

“好的啊好的啊。”那个叫罗宁子的女生慌忙从人堆里走出来，把她的东西往边上摆一摆，生怕会影响到我一样。

我听到有人在笑的声音。

我知道她们不是在笑我，而是在笑罗宁子。罗宁子真是胖得可以，比我表妹还要胖上一倍多，她走路的样子晃晃悠悠，让人很不放心，总担心她会摔倒似的。

“过会儿就吃饭，你跟着大家就是。”高个女人吩咐我。

“没事，”罗宁子说，“我会带她。”

罗宁子真难看，眼睛陷到肉里，鼻子又肥又大。我不由得别过头去不看她。

高个女人刚出门，就有几个女孩挤到我们床边来，将我围住。一个看上去年龄最大的女孩伸出手对我说：“我叫周利，是这个宿舍的舍长。”

“嗯。”我说。

“你有没有带好吃的进来？”她盯着我的小包问。

“没有。”我说。

“那有没有钱？”

“没有。”我说。

“她要有钱就不到这里来了。”罗宁子说，“你看她的样子就没钱。”

“胖猪，没你的事！”一个女孩一把将罗宁子推到床上，另外几个女生开始一拥而上，打开我的包乱翻起来。

“滚开！”我大声地喊，“不许乱翻我的东西！”

没人理我。

我看到我的零食被她们翻了出来，那还是在来的路上秦老师给我买的。结果我晕车，什么也没吃。周利她们抢到“战利品”，跑到另外的一张床上，高高兴兴地享受起来。

我的包被翻得乱七八糟，罗宁子正在手忙脚乱地帮我收拾。

“走开。”我骂她。

她住了手，却轻声对我说：“你告诉老刁，她们怕老刁的。”

我一面收拾，一面在我的包里找到了一把小弹簧刀，那是童小乐买给我的。当时，童小乐对我说：“要是有人敢欺负你，你就用这个。”

我在心里说：“秦老师，对不起，我不能忍。”

我说完，捏着那把小刀走到周利她们的床前。

她们正在吃一包话梅。见我走过去了，周利斜着眼看我，问：“有事吗？”

“有。”我说。

“是不是要我们还你的东西？”周利拎起一个空空的薯片袋子说，“你看，真遗憾，这个已经被我们消灭啦！”

她们一人嘴里含着一颗话梅，嘻嘻哈哈地笑起来。

我从身后拿出那把小刀，按下弹簧，二话没说就朝着周利刺了过去。周利吓得脸色发白，慌忙躲开。我一刀没刺准，刺到了被子上。周利从床上跳下来，光着脚就往门外跑，高声喊着：“杀人啦，杀人啦！”

那帮女生一起喊：“杀人啦，杀人啦！”场面极为壮观。

我没有去追，第一反应是回到我的床边，迅速地把刀收了起来。

没一会儿，带我进来的高个女人和另一个老师进了我们宿舍。周利气喘吁吁地指着我说：“就是这个新来的，用刀杀人！”

“刀呢？”那个看上去很凶的老师问我。后来我才知道她就是罗宁子说过的老刁，院长助理。

“她们抢我的东西。”我说。

“抢什么？”

“我带来的吃的东西。”我往周利床上一指，却惊讶地发现上面什么都没有。

“她胡说。”周利说，“她是疯子，神经不正常，一来就拿刀杀人！”

“你才是疯子！”我跳到周利面前说，“你才是神经不正常！”

“你看，你看她！”周利面向老刁，满脸通红地指着我。

“都别吵了！”老刁对我说，“你先把刀交出来，我们这里不许带危险的东西进来。”

“我没有。”我说。

“她藏包里了！”有女生喊。

老刁上前一步，打开了我的包。我紧张得喘不过气来。我那时已经失去了理智，心想，她要是敢抢走我的刀，我就跟她拼命，我要是没有刀，在这里反正也是没有命。

可是怪了，她搜了好几次，把床上也摸遍了，竟然没找到我的刀！

“搜她！”周利喊。

“你还是自己交出来吧。”老刁有些无奈地看着我说。

我脱掉了外套，主动地翻我身上所有的口袋给她看。然后我看着周利说：“她是撒谎的，她们联合起来骗你。她们抢我的东西吃，我不让，所以她们诬陷我。”

“是不是这样？”老刁转头问周利。

“怎么，怎么会？”周利结巴起来，“不，不会的。”

就在这时，铃声响了起来。

“马上就要吃饭了，都给我去食堂！”老刁说，“这件事待会儿再说！”

满屋的人一下子跑得精光，就剩我一个人站在那里。

“怎么，还不快去？”老刁问我。

我在床边坐下说：“我吃不下，不去了。”心里却在反反复复地想：咦，我的刀到底去了哪里呢？

“必须去。”老刁背着手对我说。

我倔强地看着她。

她的语气忽然软下来说：“不吃饭不可以。走，我带你去。”

随着我和老刁走进食堂，食堂里一下子变得安静无比，看来大家真的都很怕她。老刁给我要了一个餐盘，带我打饭菜，领我到餐桌旁坐下，这才离开。我环顾四周，恐惧感愈来愈深，因为我看到有的人跛着脚，有的人斜着眼，有的人少了一只手。我其实很饿，可是一点儿都吃不下去，只感觉到全身在抖啊抖，怎么也控制不住。

罗宁子坐到我身边来跟我搭话：“你叫林小花，是花朵的花吗？”

“嗯。”我逼自己吃下一大块萝卜，回答她。

“这个名字很好听。”她说，“对了，我叫罗宁子，罗是姓罗的罗，宁是宁静的宁，子是孩子的子。”

“哦。”我说。

“你好像不爱说话。”

“嗯。”我说。

“你别怕，”罗宁子说，“这里大多数的人都是好人。”

我放轻松了一些。

“为什么来？”她一边问一边叹息道，“反正来这里的都是没有办法的。”

为什么来？

因为我没家了，因为没有一个人肯养我，很简单。

“哦，”罗宁子挥挥手说，“算了，不想说就别说吧。你念到几年级？”

“二年级。”我说。

“那你读得懂图画书吗？”罗宁子说，“这里有图书馆，有好多图画书，不过要星期三的下午才可以看。”

“有老师上课吗？”我问她。这是我比较关心的问题。

“有。”罗宁子说，“不过院里的班只开到三年级，到了四年级，就要到外面的学校去读书。那里的学校很大，条件也很好。不过要成绩好的才可以去。”

“成绩不好的呢？”

“成绩不好的多半也不能正常上学，到了外面的学校，也会被人欺负。”罗宁子说，“不过你不用担心的，你一看就很聪明。”

“谢谢你。”我是由衷地感谢她，开始觉得罗宁子不那么令人讨厌。

“没啥啦，到这里的都是兄弟姐妹。”罗宁子很豪爽地说。

她实在是太胖了。出食堂的时候，我看到有几个人偷偷地撞了她一下，然后笑着跑开了。

罗宁子的脸上露出无奈的笑容，可是看她的样子并不生气。

快走回宿舍的时候，在一个拐弯的地方，罗宁子在身后喊住我：“林小花，你等一下。”

我站住了，回头。罗宁子迅速地把一个东西塞到我手里说：“你藏好了，别让她们再看见。”

是我的小刀！

是她偷偷地藏起了它！

罗宁子又安慰我说：“你别怕周利，其实她也是纸老虎。”

“我不怕。”我说。

“你真勇敢。”罗宁子忽然咧嘴笑了，笑完了又说，“今天真过瘾。”

我在福利院的第一天晚上，下起了滂沱大雨。雨从关不严实的窗户打进来，还夹着狂风，我看到罗宁子扯起被子蒙住了头。我却坐起身来，看着窗外，渴盼着暴风雨再猛烈一些。我希望可以出一些事，比如房屋倒塌，山洪暴发，天崩地裂，但事实上什么也没有发生。

第二天早上，阳光万丈。我们被赶到操场上做早操，早操和我们以前学校的完全不一样。我麻木地伸着胳膊伸着腿，忽然有人将我从队列里一把拉了出去，说：“你到底会不会做操，乱比画干吗？”

“老师，她是新来的。”罗宁子奋不顾身地站出来说。

“哦，我说呢。”老师推我回队列说，“那快点学，早学早会呵。”

“没事，”站在我身后的罗宁子安慰我说，“这里的老师除了老刁，其他的都不凶。”

不过说真的，我觉得老刁也不凶。

我想念秦老师，甚至想念以前老嫌他烦的童小乐，想得要命。

但除了想念，一切都无能为力。

福利院里二年级的课实在是太简单了，就是一些简单的数学和语文。我们每天站在操场上，看高年级的人排队出去上课。听说他们每天要走二十分钟的路，来回四十分钟。有个拄着拐杖的男生每天都在队列里，他有一条腿，细得像麻秆，走起路来特别艰难，可是他从来都不让人帮助，让我心生敬佩。

看着他们出门，大铁门咣当一声关起来，我开始感觉自己像一只被关在笼子里的鸟儿。

四年级，我觉得离我太遥远了。

我真怕等不到那一天。

来了又走了

罗宁子渐渐成为我最好的朋友，我们躺在一张床上聊天，看星星。不过大多数时候，都是她说我听。我知道了她那么胖并不是因为爱吃，而是因为她有一种病，不吃也胖。也了解到她的身世，比如她生下来就有肺炎，她的爸爸妈妈不要她，她被丢在镇公路的路边，送到院里来的时候才五个月，包里只有一张小条，上面注明她姓罗，宁子这个名字还是院里的老师替她起的。又比如小时候，院里老是有小孩偷偷欺负她，开联欢会后，她藏起一颗巧克力，被人告诉老师，结果罚站。后来，她越来越胖后，就老是有人笑她胖。她最怕的就是体育课，她跟我说，一上体育课，特别是要跳远跑步什么的，她就只想去死。

比起她来，我甚是幸运。

有时候她也会要求我说："林小花，你也说说你小时候有趣的事情给我听呀。我从小在福利院里长大，说来说去都是这些事，没意思的。"

我说:“我小时候也挺没意思的。”

“一件有意思的事情也没有吗？”她不死心。

“没有。”我毫不含糊地说。

每周三的下午，我们一起在图书馆里看书。图书馆里的书都是别人捐赠的，偶尔也会有几本跟电影电视有关的杂志。我看到杂志封面上眉飞色舞的叶眉，心忽然奇怪而尖锐地疼痛了一下，像被一把刀片划过似的。罗宁子用胖胖的手指指着叶眉的脸说:“你看，多好的皮肤；你看，多大的眼睛；你看，多漂亮的头发！”说完，她转过头来认真地看着我，认真地说:“林小花，你长大了，会跟她一样漂亮的哦。”

我把杂志扔到一边，拿起一本更破的童话书。我一面心不在焉地读，一面想不知道叶眉怎么样了，不知道她好不好，不知道她还记不记得小三儿。我想对她说，那条手链我一直都没有弄丢，珍藏着，每次一看到它，仿佛就能闻到她身上的馨香。心里很多的话压抑久了，我就想跟罗宁子说说秦老师、童小乐，说说叶眉、程凡，说说青木河呀拍戏呀什么的，但是那些短暂的快乐因为夹杂着深刻的痛苦，于是便统统成为我不愿意回忆和提及的部分。我甚至希望有一种机器，可以洗掉脑海里以前存留的一切，让我干干净净了无牵挂地重新开始。可是我知道这不可能，所有的幻想和期待都是折磨。我在这种周而复始的折磨里度过了我在福利院的第一个月，第二个月，还有第三个月。

就这样，秋天走了，冬天来了。

这是相安无事的三个月，因为来院第一天和周利的冲突，她和她那帮死党后来一直都躲着我，从不跟我讲话。我的小刀放在枕头下面，再也没有派上用场。有一天黄昏，吃过晚饭后，我和罗宁子坐在操场边的石梯上聊天。深冬的天上空空荡荡，好不容易才飞过一只鸟，却也无声无息，一掠就不见了。

罗宁子忽然对我说："我总是觉得，你和我们是不一样的。"

我问："哪里不一样？"

"你总有一天，会远走高飞。这里留不住你。"

"真的吗，像鸟儿那样？"

"对，像鸟儿一样。"罗宁子托着她的胖脸说。

"可是你说，鸟这样一直飞，会不会累？"

"不知道，但也许它不飞，就会死掉。"

我突然伤感得无以复加。

快到新年的时候，我被老刁叫到了院长室。老刁给我倒了一杯水，笑眯眯地问我在这里过得好不好，习惯不习惯。我端着那杯热水，低着头说："好，习惯呢。"

"好。"老刁说，"有一个重要的任务要交给你。"

我把头抬起来。

"是这样的，"老刁喝一口水说，"新年快到了，按院里的惯例，我们要举办一年一度的新年联欢会。这一次，我们想请你来做主持人。不过你放心，不是你一个人主持，你是主持人之一，代表我们低年级的学生。我过来就是要你准备一下。"

"不行的。"我连忙摆手。

"怎么不行？"老刁说，"你和叶眉一起拍过电影的，还怕当个小主持人吗？”

“我从来没当过什么主持人。”我被她弄得紧张极了，一直不停地摆手。

“可以学嘛！”老刁说，“你放心，我在高年级找个姐姐教你，她在这方面很有经验。这次联欢会可重要了，市里的电视台都要来录像。林小花，这是个很好的机会，你可千万不要错过呀！”

“可是……”

“别可是啦！”老刁重重地拍着我的肩说，“丁玲一会儿就到，你等她一下。”

丁玲念五年级了，是我们院里的名人，我早听罗宁子说起过她。她成绩好，会唱歌会跳舞，代表我们院里拿过很多奖。她的经历听上去也很传奇，比如曾经有很多人家想要收养她，可是她都不愿意走，而院里也不愿意放她走，等等等等。丁玲一进门冲我笑的时候，我感觉她笑起来的样子有点像秦老师，于是对她产生了好感。她握着我的手说：“小花，我叫丁玲。”

“好好跟丁玲姐姐学，”老刁说，“以后，你还要做她的接班人呢！”

那些天放学后，我都跟丁玲在一个特殊的办公室里背台词。一起跟我们主持的还有一个六年级的男生，他是聋哑人，用手语来主持。我进入状态还算比较快，丁玲老夸我聪明，都夸得我不好意思了。休息的时候她会问我叶眉和拍戏的一些事情，能答的我都答了，可有些问题她问得挺专业，我真不知道该怎么答，就傻傻地笑。

“就一句台词吗？”丁玲说，“小三儿，我真想看看你演得怎么样！”

在这里，只有她叫我小三儿。

她叫得那么自然而亲切，我说过的每一句话，她都记在心里，这让我感到温暖。不像总是笨头笨脑的罗宁子，我说的很多话她都记不住。

新年晚会取得了巨大的成功。很多年以后，我还保留着我在那次晚会中主持节目时拍下的照片。我穿着一条非常漂亮的裙子，扎了两个小辫儿，拿着话筒充满自信地微笑。这些都是丁玲教给我的，她总是对我说：“小三儿，你行的，就是这样，你会越来越好。”那条裙子，也是丁玲的，那是她最最漂亮和最最心爱的裙子，是她第一次主持节目时一个“社会妈妈”给她买的。虽然她穿着已经短了，但她一直都珍藏着，并大方地借给了我。

舞台是临时搭建的，后面还有一面镜子，供演员化妆和换衣服用。就是在那面镜子前，我第一次目睹了自己的美丽，那是我一生都永远无法忘怀的瞬间。我看着自己，怀着欣喜和仰慕的心情，我从来没有想过自己可以如此美丽。冬天的风，挟着阳光拂过。我在微微的眩晕里体味成长的感觉，如醉如痴。

“真漂亮。”丁玲在后面扶住我的肩膀柔声说，“你穿这裙子比我穿还要漂亮。”

我慌乱地收回自己看自己的目光。丁玲却善解人意地把我拖回镜子旁说：“再看看，多看两眼，你会更有自信的。”

我刚才已经说过了，那场晚会取得了巨大的成功，我发挥得很好。我、丁玲，还有那个我不记得名字的聋哑男孩，我们珠联璧合地完成了主持任务。罗宁子后来告诉我，她手都拍肿了。

电视台来拍了新闻。那天晚会最直接的结果是，我和丁玲都先后被很多户人家要求收养。最终，一个从美国回来的女企业家带走了丁玲。临走的前一天，丁玲趴在我耳朵边对我说："小三儿，其实，我不是不走，我一直在等这样的一个机会，这才是我想要的。所以，你一定要记住，不要盲目，等待是对的。"

说完，她塞给我一个纸袋。我打开来，里面是那条裙子。

"留给你。"丁玲说，"它更适合你。"

她走的时候，我想拥抱她，可是没有。我总是这样羞于表达自己的感情。

老刁对我说："你的事还要再等等，不要着急。"

我说："不急。"

我真的不急，丁玲说得对，不能盲目。

更何况，我已经慢慢习惯这里的生活，能不能走，我已不是那么渴望。

丁玲走后的第二天上体育课，老师命令我们绕着操场跑，一圈一圈又一圈。我跑在罗宁子的前面，可以清楚地听见她沉重的呼吸。无意中回过头去，看见她一张苍白的脸，苍白得非常吓人。于是我停下脚步，拉住她说："你别跑了！"

"你别管我！"罗宁子咬着牙推开我说，"我要是坚持不完，会被她们笑话的！"

站在操场边的老师见我们俩停了下来，开始对着我们吹哨子。

我高声喊:“老师，罗宁子不能跑了。”

老师走了过来，问我们:“为什么不能跑了?”

“我可以跑的,”罗宁子脸色苍白，却急急忙忙地解释,“是林小花拉住我!”

“你神经病!”我一把推开罗宁子。谁知道劲用得大了，她竟然一屁股就跌倒在地上，然后，我看到她的脸上出现了一种非常痛苦的表情，眼睛慢慢地闭上了。

“罗宁子!你怎么了?”我跪到地上去推她。

老师把我一推说:“你让开，赶快送医院!”

所有的人都围了上来，包括周利。院里唯一的一辆车不在家，老刁当机立断地背上罗宁子就往医院跑去。罗宁子太胖了，老刁背得十分吃力，但是她坚决不停歇地往前跑着。好几个老师跟着，轮流背，实在背不动了就抬。我也一直跟着，就这样好不容易才到了镇上的小医院。

医生一看，翻了翻罗宁子的眼皮，就说了三个字:“不行了。”

“不治怎么知道不行!”老刁狂喊道,“给我救，给我救，我带了钱来的!”

我抱着脑袋蹲下身，只觉得全身冷得直发抖，扛也扛不住。

一个我并不认得的老师将我扶起，在我耳边轻声说:“没事的，会救过来的。罗宁子这样不是第一次了。”

我也不是第一次了，无数次与死亡靠得如此之近，我觉得我再也无法承受。

在老刁声嘶力竭的狂喊声中，医生终于把罗宁子送进了急诊室。一个小时后，车子将昏迷不醒的她送去了县医院。老刁不许我再跟去，命令我回了福利院。

那晚，我一个人躺在宿舍的小床上。以前我曾经不止一次地想过，要是没有了罗宁子，可以痛痛快快地伸胳膊伸腿地睡，可是这一天真正到来的时候，我却是将自己缩得更小，痛痛快快地无声地流着泪。过了一会儿，就在我迷迷糊糊要睡着的时候，我感觉到有人钻进了被窝。她拿着一条毛巾，低声对我说："我知道你在哭，不过你别伤心，她命大，不会死的。"

是周利。

我大声地喊："你滚！"

周利吓得一哆嗦，很快跳下去，回到她自己的床上去了。

黑暗中，我可以感觉到，全宿舍的人都没有睡着。

那是度日如年的三天。三天后，老刁带来了两个消息：一是罗宁子醒过来了；二是有人在院长室等着我。

我去了院长室，没想到竟然看到了秦老师，还有童小乐！

"小三儿！"童小乐一见我进门就朝我扑来，嘴里喊着，"小三儿，小三儿，我终于又看到你了。"

他的眼眶红红的，被秦老师一把拉住了，不得上前。

"小三儿，来。"秦老师招呼我说，"这是县里文化馆的章老师，她一直想要领养一个孩子。你来，给章老师看看，来。"

我看到一个中年女人，头发都有些花白了，戴着宽边的眼镜，从秦老师的后面走出来，笑吟吟地看着我。

"叫章阿姨啊。"秦老师说。

“章阿姨。”我的声音似蚊子叫。

“我看过你演的戏。”章老师说，“去省城出差的时候正在放，你演得不错。你主持的新年晚会，我也看过了哦。”

“小三儿可聪明了。”秦老师说，“我不会乱介绍的。”

“是不错，是不错。”她伸出手摸了一下我的头发说，“愿不愿意跟我回家？”

我看着秦老师，她拼命暗示我点头。

于是我点了点头。

“那，院长，我看就这么定了，我们该办什么手续就办什么手续。”

“行。”院长说，“我要代表院里谢谢你。要是多几个你这样的好心人，什么都好办。不过啊，林小花确实是个聪明乖巧的孩子，想领养她的人多着呢。要不是我们事先答应了秦老师一定要征求她的意见，小花也许早就被人领走了。”

“是我的福气，也是缘分。”章阿姨一把搂住我说，“放心，我会让小花过上快乐的生活。”

童小乐笑起来，眼睛眯成一条线。

我那天跟童小乐没怎么说成话。秦老师说，他非要跟着来，为此磨了秦老师好多天。车子是章阿姨找来的，有个司机一直等在外面，他们还要赶着回县城，不能多留。

趁着他们在告别，童小乐偷偷对我说：“小三儿，你过来，我给你一样东西。”

他把握着的手伸过来，一团红色的纸币从他手里滑出，应该是一百块钱。我伸手接过来。

“快收好。”童小乐说，“这是我的压岁钱，给你用。”

“不要了。”我赶紧说，“你快拿回去！”

“你拿着。别跟我客气。”童小乐低声说，“秦老师一直都在帮你，你要放心。等你到了县城，就啥也不愁了。到那时候我再去看你啊。”

“小乐，我们该走啦。”秦老师走过来，问我们，“在说什么呢？”

“没说什么没说什么。”童小乐故作轻松地说，“我们走吧。”

“我走啦。”章阿姨微笑着对我说，“很快就来接你，你等我。”

我有些机械地挥着手。

车子开走的时候，我捏着那张带着童小乐体温的纸币，忽然就掉了眼泪。

没想到被老刁看见了，老刁微笑着说：“别哭了，有人领养了，该过好日子去啦。”我把头靠在她的怀里，真想对她说，我舍不得她，舍不得罗宁子。

天地良心，是真的。

罗宁子终于回来了。她和老刁走进宿舍的时候，响起了一阵热烈的掌声。我看到周利也鼓了掌，不知道从何时起，其实我已经不是那么恨她了。

“嗨。”我跟罗宁子打招呼。

罗宁子笑得脸都快变形了。

又过了一个月，春天快来的时候，老刁通知我做好准备，章阿姨就要来接我了。那晚，我睡不着，抱着双膝，看着窗外的月亮发呆。罗宁子挨过来，在我的身边坐下，轻声问："小花，那个人是不是很快要来接你走了？"

"也许吧。"我说。

"你真好运。"罗宁子羡慕地说，"她一定很有钱。"

"是吗？那又怎么样呢？"

罗宁子显然不知道该怎么回答这个问题，于是有些艰难地吞了吞口水说："你走了，就没人陪我玩了。"

"如果她们欺负你，你就用刀。"我从枕头下摸出那把锃亮的弹簧刀，往罗宁子怀里一塞，说，"你拿着，我走了，你就用这个。"

罗宁子吓得直往后躲。

"拿着啊。"我说，"你怕什么！"

罗宁子还是不敢接。

我把刀往床上狠狠地一扔说："你这么胆小，活该只有挨欺负的份！"

罗宁子忽然嘤嘤地哭了起来，吓得我连忙用手去堵她的嘴："你别这样，存心想让我挨罚是不是？"

罗宁子索性放声大哭。

哭声引来了老师，门打开了，灯亮了。

"林小花，干什么！别以为有人领养你了，你就可以乱来！"

"我怎么了？"我不服气地说，"哭的又不是我！"

我一面说，一面生气地用手推罗宁子。罗宁子继续奋不顾身地哭着。老师把罗宁子一把从床上拖了下来，大声呵斥道："你要哭到外面哭去，不要影响大家睡觉！还有你！”她指着我，“你跟我一块出来！”

冬天的夜里，我和罗宁子光着脚站在宿舍外冰凉的地砖上。老师气呼呼地说：“你们站到明白了再给我回去睡觉！”说完，她转身进了自己的房间，不再理会我们。

罗宁子的哭声终于渐渐地小了下去。过了一会儿，她从口袋里掏出一块巧克力，悄悄往我手里塞，说：“对不起，都怪我。这是上次联谊会留下来的，给你。”

“你吃吧。”我说，“我不要。”

“你一定得要。”罗宁子说，“你不要我就再哭。”

怕了罗宁子的哭声！我连忙伸出手接过，把纸剥开来，发现巧克力因被罗宁子珍藏已久，已经半化了。我想了想，把巧克力塞到了罗宁子的嘴里，说：“还是你吃吧。”

罗宁子细致地嚼着，脸上露出幸福的笑容。我牵着她的手，我们蹑手蹑脚地回了宿舍，躺到床上，很快都睡着了。

第二天，又是阳光万丈，福利院操场边的花像是一夜之间怒放了，春天的气息浓郁而芳香。章阿姨给我带来了一身新衣服，老刁和院长看着我将它们穿到身上。

老刁微笑着对我说：“小花，要听话，好好学习，争口气考上大学。”

“她跟着我，考大学没问题的。”章阿姨搂住我说，“这孩子聪明，我第一眼就看出来了。”

“有什么需要的，尽管跟你妈妈说。”老刁说，“从今天起，章阿姨就是你妈妈了。对了，你快喊她一声妈妈啊。”

可是，我无论如何开不了口。

“别为难孩子。”章阿姨说，“让她慢慢来。”

我们跟院长和老刁说再见。穿过孤儿院的大院时，正在院子里做早操的孩子们都转过头来看着我们，他们的表情和眼神都各不一样，很是复杂。

章阿姨牵着我，她的手很大很温暖。就在我们快要上车的时候，后面忽然传来罗宁子高喊的声音：“小花！小花！”

我站住了，回头。

罗宁子也站住了，在离我五六米远的地方站着，喘着气，不再喊。

我情不自禁地朝着罗宁子奔去，跑近了，从包里掏出童小乐给我的钱，往罗宁子手里一塞，说：“你拿着，有了这个，可以买自己喜欢的。”

“小花。”罗宁子抱住我开始哭。

我拼命地忍住不哭，在罗宁子的耳边哽咽道：“别哭，老哭别人会瞧不起你。我走了，你要照顾好自己，不可以动不动就昏倒。还有，记住，小刀还在我枕头下面，要是谁敢欺负你，再喊你胖猪，你就跟她干，别跟她客气，记住了没有？”

罗宁子呜呜地哭着点头。

眼见老刁从后面走上前来，我赶紧悄声吩咐罗宁子：“把钱藏好，别让人看见。”

老刁上前来分开我们俩，冲我点点头，然后把罗宁子拉走了。

我来的时候，是黄叶飘零的秋天；走的时候，是万物复苏的春天。我在孤儿院里待了一百九十九天，不知道罗宁子会不会看到，床边的白墙上，我用小刀刻下了一百九十九条小杠。

我曾经以为会刻到一千零九十九甚至一万零九百九十九。

但其实我早该想到，人生瞬息万变，人类最不应该造出的词除了忍以外，那就是永远。

没有什么是可以永远的。

就像章阿姨曾经对我说："从现在起，伊蓝，我们永远生活在一起。"

但……

对了，从现在起，请叫我伊蓝。

CHAPTER 3
少女伊蓝

『画外音』

八年后

后来很多次，少女伊蓝回头细想，才发现当时每到黄昏便显得落寞的斜阳和浮云，竟然是她未来穿越的或短或长的人生雨季里面单薄脆弱，然而光华异常美丽的亮色，好比雨帘中樱花绽放枝头的短暂花蕾，青春的痛楚和甘美始终清晰如昨。很多故事发生在夏天，那悲喜交集的漫长夏天里，倏忽而过的并非时间，而是永不再来的成长季节里茂密茁壮的青春感受。

没有人可以永远十七岁。

生命如潮汹涌，不管何时何地，我们都只能朝前走，不回头。

一支跳过的舞

六月，花开了。

这个季节，城市的味道是独特的。空气中细微的尘埃在阳光下肆意飞舞，夏天的热烈以它无可阻挡的气势开始连绵不绝。

伊蓝靠在市艺术中心舞蹈室那面巨大的玻璃墙上，看下班时分人潮汹涌的大街。她的头发已经很长了，从一面斜过来，遮住了半边脸。萌萌从后面走近，轻轻地抱了抱她，鼓励道："伊蓝，你真是越跳越好了。海选是最艰难的，看不出你的水准。不过你放心，只要你一进复赛，冠军就铁定是你！"

"是吗？"伊蓝回头笑。

"可是伊蓝，"萌萌的眉头皱起来，"为什么你总是不快乐？"

伊蓝推开萌萌，从地上捡起衣服和包，疾步走进更衣室，关上了门。狭小的更衣室里因为没有空调，闷热难当。萌萌在外面敲门，一面敲一面喊："我不管你有什么事，但是你必须忘掉。伊蓝，我警告你，你必须忘掉！"

伊蓝抱住裙子，慢慢地坐到地上，任汗水一滴一滴地从她的脸上滴落。

不知何时，外面再也没有了任何声音。

伊蓝如梦初醒般迅速地换好衣服出来，但萌萌已经不在了。舞蹈室的门开着，有个小姑娘背着小提琴，正从门口走过。

小姑娘本已经走过去了，忽然又回过身来，在门口探头问伊蓝："嗨，伊蓝姐姐，你还没结束训练吗？"

伊蓝诧异地微笑。

"上次推新人大赛，你的琴弹得真好，舞也跳得一级棒！是当之无愧的第一名。"小姑娘把小提琴放在墙边，慌慌张张地从包里掏出一个本子和一支笔说，"替我签个名好不好？"

"我可不是明星，要我的签名有什么用！"伊蓝连忙推搪。

"签一个嘛签一个嘛。"小姑娘不依不饶，把笔和纸拼命往伊蓝手里塞，她一面塞一面自我介绍说，"我叫林点儿，双木林，一点儿两点儿的点儿。我也是北中的，北中初二的，我们是校友呢。我在这里学小提琴。你把我的名字写上，再写一句祝福，好不好？"

"你姓林？"伊蓝问她。

"对，双木林，一点儿两点儿的点儿。"林点儿开心地笑起来，"姐姐快签啦。"

伊蓝有些无可奈何地在她的本子上写下：祝林点儿快乐！伊蓝。

"真好！"林点儿小心翼翼地把本子收起来说，"明天可以在同学面前好好炫一炫。我们班同学都说，你长得比章子怡还要漂亮哦。哎呀，你的裙子真好看，是在哪里买的，东方广场吗？”

“好了，林点儿。”伊蓝轻轻推开她说，“你看，天色不早了，我得回家了。”

“我们一起走吧。”林点儿说，“我知道你家住在新马路的模范小区，和我家离得不远，我们都可以坐5路公交车！”

“你怎么什么都知道？”伊蓝奇怪极了。

“我都说你是明星嘛。”林点儿说，“我们班大部分女生都仰慕你，每天趴在初中部的教学楼上看你，你是当之无愧的校花呀！”

林点儿一面说一面做着手势，掌心向上，比出一朵花的样子来。

“呵呵。”伊蓝忍不住笑了，她初二的时候，可没这么能说会道。

黄昏时分是5路公交车最拥挤的时候，伊蓝和林点儿好不容易挤上车，在车厢靠后一点找到一个可以落脚的地方。车门很快关上，车子轰的一声向前开去。林点儿没站稳，猛地靠到伊蓝身上来，两人都差点摔一跤。林点儿嘿嘿笑着，忽然冲着坐在她面前的男人甜甜地喊了一声：“叔叔。”

该中年男人微胖，身上的衬衫皱巴巴的。他抬头看着林点儿，不明白怎么回事。

“叔叔，您把座位让给我们，好吗？”林点儿指着伊蓝朗声说道，“这个姐姐腿不是太好，她站久了会受不了。”

“哦。”男人在众目睽睽下慌忙站起身来让座。

“坐啊，坐啊！姐姐你坐啊！”林点儿拼命把瞪大了眼的伊蓝往空出来的座位上一按，才高高兴兴地抓着椅子扶手不说话了。

“把小提琴给我吧。”伊蓝不满林点儿撒谎，却也不好当面戳穿她。

“不用不用，我背惯了。”林点儿摇着手，狡黠地笑着说。

伊蓝无可奈何地端坐在位子上。

下了车，林点儿跟伊蓝挥手。“姐姐，你走那边。我呢，要走这边，我们后会有期哦。”

“再见。”伊蓝说，“下次可别再骗人了。”

“你练完舞一定很累，这么漂亮的裙子站在那里被蹭脏了多可惜啊，所以我才跟人家讨座位给你坐的。”林点儿嬉笑着说，“姐姐我走啦，记得我哦，我路子很野的，有什么搞不定的都可以找我哦！”

伊蓝和林点儿挥别，看着她背着小提琴的背影融入人群，这才转身回家。

伊蓝回家后，直奔阳台，把换下来的衣服和舞鞋一股脑儿全扔进洗衣机。看洗衣机转动起来，她才转身回屋。

伊蓝轻轻推开自己房间的门，吓得往后退了一步，房间里面有一个人，不声不响地坐在她的书桌前。

“你吓坏我了！”伊蓝拍拍胸口说，“你待在我房间干什么？门关着，灯也不开，我还以为你不在家呢。”

“你回来了。”屋内的人站起身来，是章阿姨。她的面色不太好，头发花白，手里拿着一封信。

伊蓝一见那信，心里猛地一冷。

“你还是报名参赛了？”章阿姨问道。

“是萌萌……”

“我问你是不是报名参赛了！”章阿姨打断伊蓝，拿着信对着她大声地喊。

“是。”伊蓝低声说。

“你就这么爱出风头？一次不够，还要两次、三次，多少次你才够？你答应过我什么，你到底记不记得？”

“可是我喜欢！”伊蓝也大喊起来，“你为什么老是阻止我去做自己想做的事？”

“喜欢？喜欢就一定要去做？这算什么理论？”

伊蓝不再说话，只是在心里喊：“你别忘了，当年可是你逼着我学这学那的！”

“不许就是不许，你记住没有？”章阿姨看着伊蓝，眼光里交织着愤怒和绝望，等着伊蓝表态。伊蓝没点头也没摇头，倔强地和她对视。一分钟后，章阿姨一把撕坏了她拿在手里的信，摔门出去了。

伊蓝蹲下来，就着房间里昏暗的光线，捡起那封破碎的信，在破碎的纸张上看到四个残缺的字：复赛通知。

她眼中含泪，那些字很快就变得模糊，看不清了。

吃晚饭的时候，章阿姨来喊她。其实并没有喊，只是敲了敲房门。这时伊蓝已经做完了英语作业，她把作业本合起来，忽然想起一个人说英语时的模样。那天清晨，在教室过道旁，他站在门口，微笑着对迎面走过的她和萌萌说："Nice to meet you!"

"Nice to meet you！ Teacher!"萌萌爽朗地应道，然后拉着伊蓝一路小跑，一面跑一面捏着她的胳膊悄声地兴奋地说："哎呀呀，他真不是一般地帅，我们班怎么这么幸运，分到这么帅的实习老师！"

敲门的声音再次传来。

伊蓝打开门出去，章阿姨已经坐在了餐桌边。晚餐还是丰富的，有虾，还有伊蓝最喜欢喝的西红柿蛋汤。伊蓝默默地坐下，吃饭时又想起了他。

"Nice to meet you!"那是他跟她说的第一句话。

第二句是什么？

"我叫卜果。"

"学英语其实真的不难。"

"你叫伊蓝？"

"舞跳得真棒！"

……

第一堂课的第一个问题，他就抽到伊蓝。伊蓝正在走神，低着头说："Sorry, I don't know."他并没责备她，只是露出鼓励的笑，然后重复一遍。伊蓝终于顺利答出问题。他竖起拇指说："Good!"还是笑。

有女生说他笑起来像蓝正龙，伊蓝不知道谁是蓝正龙。萌萌说是"杉菜"的男朋友啊，还很八卦地找来蓝正龙的图片给她看，哪里像啊，八竿子打不着。

但那笑，的确是很好看，让人莫名地温暖。

后来，又有女生说他像冯德伦，于是一大群女生放了学，窝到萌萌家里去看冯德伦演的片子《美少年之恋》，伊蓝也被拉着去了。天哪，结果才看了十分钟，所有的女生都开始一只手捂着眼睛，另一只手指着萌萌开骂：“变态，变态，你太变态啦！”

萌萌跳起来关掉了VCD，涨红了脸站在屋子中央，委屈地说：“哎，不是啦，是音像店的老板说好看的，他跟我说是爱情片啦。”

其实，那是一个描写同性恋的片子。不过冯德伦在里面真的是很帅，淡金色的头发，笑起来，和他真的是很像。

看着萌萌出丑，伊蓝缩在沙发上偷笑。萌萌恶作剧地往伊蓝身上一扑说：“呃呃呃，大家注意，我和伊蓝也一样哦！”

伊蓝忙不迭地推开她。

一屋子的女生笑得天翻地覆。

笑完了，有人问：“你们说卜果要是知道我们为了他差点看限制级的东西，到底会怎么想，会不会乱得意哦？”

“他肯定习惯了。”有女生答，“帅男生都是被宠坏的！”

萌萌补充道：“可不，都是被你这样子的花痴女生宠坏的！”

两个人立刻扭打在一起。

“你在想什么？”章阿姨见伊蓝走神，问道。

“没。”伊蓝赶紧收回思绪。

“你现在这个样子，我是不喜欢的。”章阿姨放下筷子说，“我没想过你会是现在这种样子。”

伊蓝默默地吞着白饭。

“我跟你说，你不要这个样子！”章阿姨拍了拍桌子。

“你是不是后悔了？”伊蓝也放下筷子，看着她，终于开口。

“我只怕你会后悔。”章阿姨说。

“我后悔什么？”伊蓝问。

“你的将来。”章阿姨有些激动，“你不听我的，注定是要后悔的。”

“我觉得我没有做什么不好的。”伊蓝说，“你要是不高兴，那个比赛我可以不去参加。我无所谓的，得不得奖根本没什么。”

“艺术是艺术，不要糟蹋。那些吵吵闹闹的东西对你毫无益处！”章阿姨说，“你再有天赋，文化课学不好，到最后都是没用的。”

她总是有她的道理，一套一套的，不容违背。伊蓝忽然觉得这样的争执非常没有意思，于是又闭了嘴，专心吃起饭来。

章阿姨叹口气，把虾都拨到她碗里。伊蓝想拒绝，但是最终没有。记得和章阿姨吃第一餐饭的时候，就是虾，那时的伊蓝爱吃虾，并不代表今天的伊蓝依然爱吃虾。那时候她喜欢自己的新名字——伊蓝，并不代表今天的她也喜欢。那时候，她只有八九岁，有个安宁的地方住，有的吃有的玩，可以学钢琴、舞蹈、美术、唱歌，可以穿很漂亮的裙子和带背带的牛仔裤，日子过得就像是在天堂，但是，也不代表她就一直住在天堂。

岁月在不停地变换，爱好也是，有很多的感觉也是。是不知好歹吧，伊蓝在心里骂着自己。她把虾壳吐到桌上的时候，忽然有种止也止不住的恶心。

她奔到卫生间里，吐了。

章阿姨走到卫生间的门口，问她:“你是不是受凉了？”

伊蓝摇摇头。

“去医院吧，”章阿姨说，“去医院看看。”

“不用了。”伊蓝漱了漱口，用热水洗了把脸说，“可能是今天练舞太累了，我想躺躺就好了。”

伊蓝躺到床上去，闭上眼睛，脑海中又浮现出那张脸。

他站在讲台上，在黑板上用力地写下他的名字：卜果。

大家不知道那个姓究竟该怎么念，卜，卜，卜，底下嘻嘻哈哈乱成一锅粥。一堂课下来，他一口纯正流利的英语征服了所有的女生和一半的男生。

卜果。

真是个怪姓，怪名字。

敲门声又响了。章阿姨开门进来，手放到她额头上问:“好些没？真的不用去医院吗？”

“不用。”伊蓝说。

“你不要恨我。”章阿姨说，“我这都是为你好。”

“怎么会！”伊蓝把头转到一边。

“那，睡吧。”章阿姨叹口气，给她盖上毛巾被，调好空调，出去了。

那个夜里伊蓝一直在跳舞，旋转后再旋转。醒来后，她觉得全身都是酸痛的。

第二天一早，章阿姨将做好的早饭放在桌上，然后才上班。自从她从县里调到市里后，上班的路上需要一个多小时，要换两班车。

“我这都是为了你。”她总是这么说。

这也是真的。为了让伊蓝受更好的教育，伊蓝上初中的时候，她丢掉了她的铁饭碗，经朋友的介绍，到市里的一所艺校教钢琴。好在待遇不错，家长和孩子们都很喜欢她，说她有耐心。但是她从不把学生带到家里来教，因为家里的钢琴，是给伊蓝一个人用的。再者，带学生回来，家里太吵了，会影响伊蓝学习。所以，为了挣钱，往往周末的时候她也要往学校或学生家里赶。

“我含辛茹苦，都是为了你。”她总是这么说。

记得有一次上语文课的时候，老师忽然讲到含辛茹苦这个词，伊蓝好端端地就手脚冰凉起来，她怕这个词，是真的。

六月末，天热，少雨。清晨的阳光就带着极大的穿透力穿越云层急速照射大地。伊蓝好不容易挤上了摇摇摆摆的5路公交车，竟发现站在身边的人是他。他应该是在前两站上车的，车上除了他，还有好几个师大的学生，都是分到伊蓝学校的实习生。他一只手拉着吊环，一只手揣在裤袋里，微笑着跟她打招呼：“早啊。”

“早啊。”伊蓝的脸要命地微红了。

“还是第一次在车上遇见你，”他说，“我的实习都快结束了呢。”

“是吗？”伊蓝一惊说，“怎么这么快？”

“二十天都过去了啊。”他说，“这次是短些，到大四，实习时间就长了。”

“哦。”伊蓝说，心里想：不知道他大四的时候还会不会再来我们学校实习。

“你好像不太爱说话。”他说。

伊蓝就真的不说话了，她的手也拉着吊环，阳光将她纤细的手指照得透明。伊蓝把眼睛眯起来，看着车窗外，思索每天到底有多少班5路公交车。除了5路公交车，从师大是不是还有别的公交车到学校？自己怎么会是第一次遇到他？

谢天谢地，他也不再说话，和伊蓝一样看着窗外。

萌萌不坐公交车，她有漂亮的“坐骑”——捷安特的新款，很小的轮子，很高的龙头，最近在女生里特流行的一款车。

“让你妈也给你买一辆。”萌萌推着车走，把车停到车库里，转身对伊蓝说，“坐公交车多不方便啊。”

“她说骑车不安全。”伊蓝轻声说，眼光却掠过那个身影。他走得很快，一下子就到了操场的那一边。

“听说实习快结束了。”萌萌也看到他，说，“卜果一走，我们班有些女生肯定哭得稀里哗啦。”

“你会哭吗？”伊蓝问萌萌。

“我？”萌萌夸张地笑起来，捏着嗓子说，“我情窦还没初开呢，我哭什么哭。”

学校的广播忽然很大声地响起来，出人意料地放出一首蔡依林的歌：“……再见丑小鸭再见，我要洗心革面，人定可以胜天，看我七十二变！”

“嘿，一大早放起流行歌来了。”萌萌说。

操场上的男生女生都兴奋起来，广播却嗒的一声关掉了，换成了每日不变的早操进行曲。

“抽风呢。”萌萌倒在伊蓝的身上。

“我进复赛了。”伊蓝对萌萌说。

“你说什么？”萌萌说，“你再说一遍！”

“我说我进复赛啦。”

“太棒了！”萌萌跳起来，“我就说嘛，你一定行！”

“可是我还是不去了，她不同意。”

“谁不同意？你妈？”

伊蓝点头。

他走近教室，站在教室的门口。他的个子很高，鼻子长得超好看。他就要走了，伊蓝跟他还并不熟悉。

这个世界，没有什么温暖可以留得住。二十天，已经是上天额外的恩赐。

“可是，”萌萌不死心地说，“一万元奖金呢。而且，听说最后还可以到省城去比赛，奖金更高。难道你真的不想吗？伊蓝，我们偷偷去吧，我来帮你。”

“算了。”伊蓝说，“不要再去想了。”

“为什么？你为什么都不去争取？”萌萌生气地骂，“你可以跟她讲道理，这次比赛对你很重要，你的功课并没有落下，你可以一边比赛一边复习。再说啦，决赛是在暑假……”

“别说了，萌萌。”伊蓝打断她，“我们快进教室吧，我已经决定放弃了。”

“我的妈妈都和我一起听周杰伦了。”萌萌气愤地说，“你的妈妈和很多人的妈妈不一样，她要与时俱进才行嘛！”

伊蓝差一点就脱口而出：“她不是我妈妈。”

没有人知道。连班主任都不知道，来到这个陌生的地方后，她们对周围的人隐瞒了一切。顶多有好事的人会在心里猜测女儿长得不像妈妈，一定是像爸爸。

至于看不到爸爸，是很正常的事，没有人会问起。

就连萌萌也不问。

萌萌是伊蓝来到市里后唯一的好朋友，她是个善良的好姑娘，有一个幸福快乐的家，她可以随心所欲地表达她的喜怒哀乐。伊蓝常想，如果萌萌是一张纯净的白纸，那么，自己应该算是一张年代久远的地图。她们是完全不一样的。

往事和秘密，都会让一个人的心情变得沉重，笑容无法真实，走路无法轻快。

所以萌萌总是疑惑地问伊蓝：“伊蓝，为什么你总是不快乐？”

对于伊蓝来说，这个问题太难回答。

或许这个世界上有一些人，他们生下来就是不快乐的。

黑板上用红笔写着四个醒目的大字：最后一课。教室里弥漫着一种似有若无的伤感。他看着黑板上的字还是笑，拿起黑板擦，很用力地擦掉了。

飞到很远处的粉笔灰，莫名地刺痛了伊蓝的眼睛。

那是一堂很精彩的课，甚至像一场秀，台上台下的人仿佛都用足了心思，只等一个精彩的谢幕。下课铃声响起，有男生把腿放到桌上，故作轻松地说："卜果老师，下一次来，要记得带上女朋友哦。"

全班乱笑。

卜果把一只粉笔头轻轻地扔到那个男生的身上，然后大声地说："你们这帮猢狲都给我好好听着，过了暑假就高三啦，考不上重点大学一个都别来见我！"

"喳！"教室后面的一群女生心有灵犀地答。

这回是哄堂大笑。

他的目光越过很多的人，最后定格在伊蓝的身上。伊蓝把头低下了，然后就听到他说："Bye bye. 一个都不许送我！"

说完，他大步流星地出了教室。

笑声收住了，没过一会儿，开始响起隐约的哭声。

伊蓝站起身来，走出了教室。她跑到教室外面的草地上，深呼吸。萌萌从后面走上来，耸耸肩说："那些人很无聊，有什么好哭的。他们那样肯定让咱们老吴特没自信。"

老吴是班主任，她的口头禅有点奇怪："我死了你们才开心。"

天地良心，班里没一个人想让她死。虽然她有时候比较让人郁闷，班会的时候可以足足讲上四十五分钟不用喘一口气。

"卜果是不错。"萌萌说，"听说他是师大的校学生会主席呢。"

伊蓝想起艺术节结束那天，她的独舞《夏天》是压轴戏。她跳完舞下来，他就站在舞台边上，说："舞跳得真棒！"

他眼里的欣赏是真实的。

只是，音乐已停，一切皆已散场。十七岁的伊蓝早就学会独自承受别离，消化疼痛，懂得知足，懂得不该拥有的就不去拥有。

那夜的日记，只有六个字：一支跳过的舞。

忽尔今夏之一

考完试，就是盛夏了。

再遇到他，还是在公交车站。

他问:“怎么，还没放假吗? ”

“就快了。”伊蓝说。

“你站进来些。”他把她拖到广告牌下面，说，“太阳太大了，会晒伤你。”他穿着白色的衬衫，身材挺拔，笑起来，牙齿洁白，让路人侧目。

伊蓝的心跳得飞快，只希望公交车永远都不要来。

然后听到他说:“班里的同学都好吗? ”

“大家都想你。”伊蓝答。

“是吗? ”他挑挑眉，用很随意的语气问道，“那你想不想呢? ”

伊蓝的脸腾地就红了。恍恍惚惚中，感觉他把手放到她的肩上，轻轻地拍了一下，说:“放假后有空来找我，我请你们去喝咖啡好不好？”

伊蓝注意到，他说的是“你们”。车就在这时候来了，伊蓝不记得自己有没有点头，然后就飞速地上了车。被拍过的肩好像塌了下去，比另一端矮了许多。

他也上来，站在她旁边，轻声说：“你在舞台上可没这么害羞呢。”他离伊蓝真的很近，低下头来跟她说话，将伊蓝的慌乱尽收眼底。见伊蓝不说话，又说：“我还没恭喜你呢，听说你参加电视台的《我为舞狂》，比赛顺利进入复赛了？”

肯定是萌萌那个大嘴巴！伊蓝赶紧说：“我不打算去比赛的。”

“为什么？”他很惊讶的样子，“我还打算看电视直播呢。”

“真的？”伊蓝问他。

“真的。”他很认真地答，又补充说，“你很棒！我相信你肯定能拿第一。”

伊蓝终于敢抬头看他。他向伊蓝展示冯德伦式的微笑，那一瞬间，伊蓝的大脑一片空白。

到站后，伊蓝快下车的时候，他又说：“给我打电话，我等你。”

“嗯。”伊蓝答完，慌里慌张地跳下车，发现萌萌在车站等她。萌萌见到她的第一句话就是：“完了。”

“什么完了？”

“成绩单下来了，我完了。”萌萌苦着脸。

“别整天大惊小怪的！”伊蓝骂她，并没有告诉她刚才遇到卜果的事。

由于教委明令不允许补课，高三也不许补，成绩下来后，伊蓝他们在学校里只多待了两天就各自回家。

数学考砸了，不过并不是伊蓝一个人考砸了，全班同学都考砸了，伊蓝没及格，差三分。语文和英语的分数还算不错，她的名次也没有跌出全班前十。但伊蓝知道，就算是这样，离章阿姨的期望值还是有一定的距离。只是，章阿姨应该知道她尽力了。最辛苦的时候，她复习到凌晨，章阿姨会给她端来一杯咖啡，拍拍她的肩，一句话不说地离开。

章阿姨从不会跟伊蓝说“身体重要”之类的话，她一直信奉“吃得苦中苦，方为人上人”。当年，伊蓝就是这样在酷暑里每天埋头练琴六小时，最后拿到十级的钢琴证书，成为那一批顺利拿证的人里年龄最小的一个。练琴的那些苦已经成为过去式，就连舞也不许再跳。从上高中起，章阿姨开始更严格地要求伊蓝的学习。她说，她曾经跟孤儿院的院长承诺过，一定要让伊蓝考上重点大学。她一步一步地安排她的未来，希望一切都能按照她的想法顺利进行。

伊蓝不是没有想过反抗，但才露出苗头，便被无情压下，如同那场对伊蓝来说很重要的比赛。

伊蓝回到家里，衣服还没洗完，萌萌的电话很快就打过来了。她在电话那边气喘吁吁地说：“我跟我妈干了一架！”说罢，哭起来。

“哎，哎！”伊蓝忙劝道，“别哭呀，哭也没用呀。”

“我真想去死。”萌萌说。

十六七岁的女孩儿们，动不动就是这句话。

“会过去的。”伊蓝说，“明天就没事了。”

“我真羡慕你。你好像总比我们冷静。”萌萌的哭声小下去，然后问，“你数学不及格，没挨骂吗？”

“她还没回来。”伊蓝说。

“我们命真苦，下辈子再也不做读书人。”萌萌说。

“那你想做什么？”

萌萌想了想，叹息着说：“做块躺在海边的石头，想必是千年万年也不会有烦恼。”

“那你不应该说你下辈子不做读书人，应该说你下辈子不当人才对！”

“死伊蓝！坏伊蓝！”萌萌咯咯地笑起来，她哪里会有什么真正的不快乐。伊蓝敢保证，就算她跟她妈妈打到天翻地覆，她晚餐的桌上还是少不了她最喜欢吃的辣子鸡。

“大家约着去见卜果呀，你要不要去？”

“不去了。”伊蓝说，“我出门不太方便。”

“哎，那我代你问候呀。”

“不用了。”伊蓝说，“有你们的问候就够了，不差我一个呢。”

“死伊蓝，坏伊蓝！”萌萌又笑得跟什么似的。

挂了电话，伊蓝把成绩单从书包里取出来，放到茶几上，用她喝水的杯子压住。然后，她拿出英语笔记本，笔记本的扉页上有个早就在心里念得滚瓜烂熟的号码，是他最后一堂课留给大家的，只是伊蓝从来都没有打过。

伊蓝一面拨电话一面执意想，她和卜果之间与萌萌她们和卜果之间，应该是不一样的。

嗯，不一样的。

电话通了。

“卜老师，是我。”伊蓝有些紧张地说。

“伊蓝吧。”卜果竟一下子猜中了，“我刚接到萌萌的电话，说你们要来看我。”

“我不去了。”伊蓝说，“我没考好，要在家好好复习。”

“明天，”卜果像没听见一样，继续说，“明天下午两点，我在中山路的上岛咖啡店等你。你来，好不好？”

“可是……”

“别可是了，”卜果说，“你来，我等你。”

然后，他很干脆地挂了电话。

伊蓝摸摸发烫的脸，好不容易才镇定下来，到厨房去做饭。最近都是伊蓝在做晚饭。随着考级的临近，章阿姨带的好几个学生都要求加课，有时候，她要到夜里十一二点才能回家。

伊蓝曾经对她说：“要么少带两个，要么带个把回来教，我可以到图书馆里去看书。天太热，你这样跑来跑去要注意身体。”

“我没什么。”她说，“你就这两年了，关键的两年，自己要好好把握。”

炒鸡蛋的时候，她回来了，手里拎着一只烤鸭，靠在门边，神情疲惫。“家长送的，不要还不行，咱们吃不完，留一半放冰箱里，明天烧汤吧。”

“哦。”伊蓝接过来。

“我来做吧。”章阿姨撸撸袖子说，“你看书去。”

“我做吧。”伊蓝说，“反正也放假了。”

“对了，你考得怎么样？”章阿姨问。

伊蓝奋力挥动着锅铲，大声地说：“成绩单在外面茶几上。”

她“哦”了一声，出去了。

伊蓝一面炒菜一面侧耳听，客厅里没传来任何的动静，心里稍安。把菜端出去的时候，发现她坐在沙发上，背光，看不清表情。

“吃饭了。”伊蓝说。

“你吃得下吗？”她忽然问。

“大家的数学都考得不好。”伊蓝说，“是统考的题目，太难了。”

“你觉得你哪一科好？”

伊蓝默默地把碗筷摆好，饭也盛好，说：“吃饭吧，我知道你不开心，不过我真的是尽力了。”

“尽力？”章阿姨站起身来说，“你瞒着我去参加那些莫名其妙的比赛，现在知道后果了吧？我都跟你说过一千次一万次了，你的将来，我自有安排，你为什么总是不听？”

“吃饭吧。”伊蓝还是说。

她把伊蓝的成绩单用力扔到远处，坐在沙发上生闷气。

伊蓝回到房间，关上了门。

书包里有本小说，是萌萌硬塞给她的，要她假期的时候在家看。伊蓝很少看小说，可是萌萌说，这本书里的主人公丹青和伊蓝太像了，要她非看不可。

小说是亦舒写的，名字读不太懂，叫《忽尔今夏》。

书小小的，淡绿色的封面。

班里看小说的女生很多，历史老师曾在一堂课中创下最高纪录，从第一排走到最后一排，回到讲台的时候，手里已经捏了八本花里胡哨的书。

她把八本书扔到讲台上，全身摇晃，只差捶胸顿足，好半天叹息着说了句："还要不要读书了哇……"就再也说不出别的话来。后来叫来了老吴，老吴铁青着一张脸当着大伙儿的面把那八本书撕得片甲不留，还给每个家长写了一封语重心长的信，恳请家长配合她的"大扫荡"活动。章阿姨没把那封信当回事，看完后就随手放在了茶几上，什么也没说。

伊蓝是不看这些的，她知道。

伊蓝是不会违背她的，她知道。

所以唯一的一次，一直都是她心里的一个结。这结解不了，任何事件都可能成为导火索，让她们之前再次发生沉默的战争。伊蓝把小说翻开，看了两页，怕她进来，又合上。放在桌上也觉得不安全，于是又塞到试卷堆里。十点钟过了，外面一点儿声音也没有。伊蓝开门出去，发现她已经在沙发上睡着了。桌上的饭菜孤孤单单地从热到凉，没有人动它。鸡蛋变成了一种很难看的黄，放在里面的青椒是很难看的绿，烤鸭则显得灰头土脸。

伊蓝把菜都收拾到冰箱里，站在冰箱旁喝完了一大杯白开水。她不想喊醒她，于是到她房间拿了一条薄薄的毛巾被想给她盖上。伊蓝蹑手蹑脚走近她后，很快发现了异常，她面色潮红，脸上的表情显得非常痛苦。

伊蓝伸手一摸她的额头，高烧！

伊蓝丢下手中的毛巾被，迅速跑到卫生间里弄了一条湿毛巾，再到冰箱里找了一些冰块，敷到她的额头上。她在冰凉的刺激中醒来，推开伊蓝，摇摇晃晃地站起身。

“你病了。”伊蓝说，“我们得去医院。”

她不说话，摇摇晃晃地往卧室走去。

伊蓝握着冰凉的毛巾，看着她的背影。她还没有走到卧室的门口，就直直地朝着地面咚的一声倒了下去。

伊蓝奔过去，扶起她。她的四肢显然无任何力量，面色由潮红变成灰，眼睛勉强地睁了一下又闭上了。伊蓝大力拍着她的面颊，想让她醒过来，但是她没有任何反应。强大的恐惧在瞬间占领了伊蓝的心，伊蓝放开她，以最快的速度拨通了120。

救护车在仲夏深夜行人稀少的街道上呼啸而过，伊蓝紧握着章阿姨滚烫的手，一颗心一直在狂跳，无法归位。如果她离去，如果她离去，如果她离去……

伊蓝想着想着忽然在车厢里就泪流满面。

“没事的，小妹妹。”护士安慰她说，“看样子是中暑。以后要让你妈妈不要太累。这样热的天气，应该尽量减少户外活动。”

伊蓝别过身去，用衣袖擦掉了泪水。

到了医院才知道，不仅仅是中暑，医生说，她极度营养不良。

在家里，她们的伙食并不差，就是不知道她平时都在外面吃些什么。伊蓝打开临出门时慌乱带上的她的皮包，付了住院费。

她的钱包里有张照片，她搂着伊蓝拍的，应该是伊蓝十岁生日的时候，就在市中心的广场边拍的。那是伊蓝第一次来市里玩。她们住了三星级的宾馆，甚至吃了西餐。她不太熟练地用左手切着一块牛排，问伊蓝喜欢不喜欢城市。伊蓝说还好啦。

她说："有机会还是要到城市的，到了城里，你才会有发展。"

现在回想起来，从那个时候，她就开始为调到城里而努力，她的确是一步一步有着安排的。伊蓝到医院门口买了一只乌骨鸡，让人煨成汤，慢慢喂她喝。生病让她没有了生气的力气，她喝完了汤，开口后说的第一句话是："请个数学家教吧。"

"不用的。"伊蓝说，"我自己可以学好。"

她叹口气，看着正在低头削苹果的伊蓝问："住院费交了多少？"

"一千块的押金。"伊蓝说。

她坐起身来说："我们回家去吧。"

"你快躺下！"伊蓝连忙扶住左右摇晃的盐水瓶，跟她说，"你在挂水呢！"

她伸手就要扯掉手上的针头。伊蓝一把捉住她的手说："病不治怎么行？病不治什么都没有，你知不知道！"

她被伊蓝的神情吓住了，停止动作。

"你好了我们才回家。"伊蓝像个大人一样地下令说，"现在躺下，挂完水再说！"

她真的很虚弱，也许身上没有了力气，竟然乖乖地听从了吩咐。

那晚，也许是药力的缘故，她睡得很沉。陪护的床要六块钱一晚的租金，伊蓝没有租，就趴在她的床边打盹。第二天清晨，伊蓝回家去取换洗的衣服，她手里拎着一个大包，走到公交车站台，已是汗流浃背。就在这时，她忽然又看见了卜果。他和一个女生在一起，应该是他的女朋友，一看就是个养尊处优的公主。这么热的天，他搂着她的腰。

上车后，他们在公交车的另一端，看起来很般配的样子，吸引了许多人的目光。

伊蓝慌忙背过身去，好在蜂拥而上的人群挡住了彼此的视线，他并没有看到她。

车子开动了，伊蓝还是忍不住再转过头去，没想到他也正往这边看。伊蓝的脸上迅速地堆出一个僵硬的微笑来，他应该是看了她一眼的，却毫无反应，又迅速地掉过了头，俯身对怀中的女孩说了些什么。

伊蓝心里的悲伤不可救药地漫上来。

他和她，本是两个世界的人。天真的她却曾经天真地幻想他们之间会有交集。

赌气一般，下车的时候伊蓝故意侧着身走，走到后车门的时候才发现，他们其实不知道在哪站早已经下了车，站过的位置空着。伊蓝紧绷的神经一下子松懈了，心却奇异地缺了一块。

带着缺了角的心晃荡着走回家，竟然在楼下看到一个熟悉的身影。伊蓝站定，定下神仔细地看，果然是她。

她拎着大包飞奔过来，一把抱住伊蓝，抱起来转了个圈，爱怜地说："小三儿，真是越长越漂亮了哦。"

是秦老师。

"你怎么来了？也不打招呼！"伊蓝兴奋地问。

"暑假来市里培训。我昨晚就来了，打你电话一直打不通，只好跑来看看。"

"她住院了。"

"是吗？"秦老师赶紧问，"什么病？要不要紧？我马上跟你去医院看她。"

"不要紧的。她是累的。"伊蓝说，"这么热的天带了好几个学生，城东城西地跑，中暑了。平时也不注意身体，所以倒下啦。"

进了门，伊蓝请秦老师坐，并端来水。秦老师并不坐，而是用手捏捏她的脸，轻声问："好不好呢？"

伊蓝看着她微笑，然后坐下，把头靠在她胸前。

"告诉你一个好消息。"秦老师说，"想不想听？"

"讲啦。"

"童小乐考上北大啦。"秦老师说，"在我们县，他考的是第一名呢。"

"真的？"伊蓝坐直身子说，"他这么厉害？"

"可不！他小时候笨头笨脑的，没想到长大了却这么会念书。他妈妈高兴坏了，前两天还请我们小学、中学的所有老师一起吃了顿饭。"

"代我恭喜他啊。"伊蓝是真的替他高兴。

"一定。"秦老师说，"要不等我培训完，你跟我回一趟青木河。这么多年了，你一次都没回去过，难道不想吗？”

伊蓝的脸色暗下去，过了半晌才说：“她不喜欢的。我这次又没考好。”

“我来跟她说说。”

“别。”伊蓝说，“高考结束再去吧。”

“也好。”秦老师说，“现在时间也的确是宝贵。”

回到医院里，伊蓝削着苹果，低着头对她说：“早上秦老师到家里来过了，她太忙，没法来看你。这些水果都是她买的。”

“你怎么好让秦老师花钱？”她责备伊蓝。

“童小乐考上北大了。”伊蓝说。

她叹气：“你还不知道怎么样！”

伊蓝不说话了，北大，她想都不敢想。

时针指到下午两点，那是他们约好的时间，但是伊蓝早就决定不去了。夏天的午后是漫长的，伊蓝趴在她病床边打盹，想象着他在咖啡馆里等她的样子，也许是转动着手中的杯子，也许是百无聊赖地看着门口，也许，会往她家里打一个电话……

不知为何，她心中竟升腾起隐约的快意。

“你想什么呢？”她又问。

“没。”伊蓝还是老答案。

她总是试图控制伊蓝的思想，有时候，伊蓝觉得她比自己还要天真。

就这样，她在医院里住了三天，伊蓝陪了三天。

第三天快出院的时候，有家长知道消息来看她。那是一个中年女人，穿金戴银，生怕别人不知道她有钱似的。伊蓝在一边收拾东西，中年女人看着伊蓝说："章老师，你女儿真漂亮，我好像在电视上见过哟！"

"嗯。"她只是微笑。

她已经恢复不少，医生说最好再住两天观察一下，可是她执意要出院。

"章老师，你看小宝的课——"中年女人试探地说，"这马上就要考级了。"

"明天就恢复。"她说。

"我知道你很忙，但能不能再加一课时？"中年女人得寸进尺。

伊蓝把水瓶重重地放在地上，把那个女人吓了好大一跳，她连忙把带来的水果和鲜花递到伊蓝手里说："这个别忘记带走。"

伊蓝一把抢过那些水果、鲜花，疾步走到门外，放在门口，然后回头，冷冷地说："东西你还是拿走吧，我们拿不了。麻烦你先走，她还要休息！"

"伊蓝，你！"她从病床上坐起来，忙不迭地跟人家道歉解释，"我这女儿就是这样，她是不希望我太累。"

"理解，理解！你先好好休息，明天我再给你打电话。"女人倒退着离开病房，退到门口，把水果再次拎到门里面，嘿嘿笑了一下，很快就消失不见。

"上课，上课！整天就是上课。"伊蓝说，"都住院了还上什么课！"

“我不上课怎么办？”她问。

伊蓝无话可说。

“可怜天下父母心。”她又说，“你现在哪里会懂。”

其实伊蓝什么都懂。从县里到市里，她卖掉了以前的房子，辞掉了以前的工作，走得义无反顾。现在，她们住的两居室是二手房，市里的房子不比县里，房价高得离谱，十几万才能买下来。伊蓝户口不在这里，要上重点学校，还得多交两万多块的赞助费。不够的钱，都是她厚着脸皮出去借的。她是那种不到万不得已不向别人开口的人，宁愿自己苦熬，这一点，伊蓝明白。

当初伊蓝想参加那次比赛，主要原因就是奖金有一万元。伊蓝有足够的把握拿到那一万元，可是，她硬是不让伊蓝参加。

回家刚打开门电话就响了，伊蓝下意识地冲过去接。没想到是萌萌，在那边责备地说：“去哪里了？打了好几次电话都没人接。”

“有事呢。”伊蓝说，“你有事吗？”

“我有好玩的事告诉你。”萌萌说，“你猜猜是什么？”

“讲啦。”伊蓝说，“我还有好多事等着去做呢，没工夫跟你磨。”

“我们去师大看过卜果啦。”萌萌说，“他暑假没回老家，就是为了陪女朋友哦。哇，他女朋友真是漂亮，绝对超过大 S 啦。”

“嗯哪。”伊蓝说。

“你怎么了伊蓝？是不是有什么心事？说话怎么没精打采的呢？”

"天太热了。"伊蓝说。

"卜果问到你，"萌萌说，"他说有空请我们喝咖啡呢。到时候我叫你，你不要又不出来啊。"

"好。"伊蓝说，"再见。"

挂了电话，伊蓝看见她从房间走出来，手里拿着包。

"你要做什么？"伊蓝问。

"晚上有堂课，"她说，"我得去。"

"不许去！"伊蓝拦住她。

"我没事的。"她微微笑一下说，"我的身体我清楚。前两天是天太热了，我没注意到。"

"非要去的话，我陪你。"伊蓝说，"等我们吃完晚饭，我陪你去。"

"也好。"她坐下来说，"那我打个电话告诉他们我迟一些去。"

伊蓝跑进厨房，才发现除了冻在冰箱里的半只烤鸭，没什么东西可以吃。伊蓝出来，有些抱歉地对她说："忘了买菜。要不，今晚我们去外面吃吧。"

"哦。"她想了想说，"下碗面吧，煎两个鸡蛋。你别说，我都饿了呢。"

伊蓝默默地回到厨房忙碌，她总是下不好面条，不是太软就是太硬。在低头吃面的时候，伊蓝想起了老家那家小面店——她和童小乐常去的地方，那里的红烧牛肉面真是让人怀念。自从离开青木河镇，伊蓝再也没有去过那里。

有时候，她甚至怀疑，自己是不是真的曾经在那里生活过。

听秦老师说，童小乐的个子都快到一米八了。再见面的时候，怕是都认不出彼此了吧。

章老师把烤鸭的大腿夹到伊蓝的面碗里，说："等这帮学生考级都考过了，我好好做顿饭，现在对厨艺都生疏了。"

"你要吃好一些，"伊蓝说，"在外面吃饭也不能随便。"

"我知道了。"章阿姨点头，语气难得如此随和。

那晚伊蓝陪她到学生家，不过没有去成。下楼梯的时候，她忽然站住了，抓住楼梯的扶手，弯下腰来。一旁的伊蓝一把扶住她，问："怎么了？"

"头晕。"她说。

她并没有恢复，身子还虚得要命。

伊蓝扶她回家，她躺在床上，翻出一个电话号码来递给伊蓝说："替我打个电话，告诉他我今天有事，改天去。"

"好。"伊蓝说。

她闭上眼睛，头歪到里面。天很热，伊蓝却不敢开空调，找了一把扇子在一旁给她扇着风。她挥挥手说："你别管我，打完电话就看书去吧。我躺躺就好了。"

到了客厅，伊蓝打了两个电话。一个是按她吩咐，打给她的学生家长，那边是个很好听的男声，温和地说："没关系。"伊蓝说："真是不好意思。"他又说："没关系，真的没关系啊。祝她早日康复。"另一个电话打给萌萌。伊蓝低声对萌萌说："明天记得一早给我打电话，就说要返校。"

"怎么了？要干什么？想干什么？"萌萌一遇事就兴奋，问个不停。

“我的演出服，你记得帮我带上。我们明天电视台见。”

“呀！”萌萌尖叫起来，“呀呀呀真好，伊蓝你终于想通了！”

伊蓝转头看看里屋，紧张地把听筒捂起来。

“说话不方便是不是？”萌萌了然于胸地说，“OK，一切都看我的，咱们明天见！”

寂寞的夏夜，再躺回舒服的小床，本来很劳累的伊蓝竟然会失眠。她抽出那本叫《忽尔今夏》的书来看，翻过一页又一页，脑子里却全都是别的影像。

伊蓝把书扔到一边，趴到床上，在心里命令似的说：“伊蓝，你再也不许这样子！”

再也不许！

再也不许这样子！

再也……

整整一夜，天就这样慢慢地亮了起来。

忽尔今夏之二

下午三四点，太阳照得人睁不开眼睛。电视台演播大厅里正在举办《我为舞狂》青春舞蹈大赛的复赛。主持人宣布下一组选手出场，他们是四个男生，带来的舞蹈名字很怪，叫《替我插上电》。

节奏很强的音乐响起，四个男生炫目开舞，台下尖叫声一片。就在这时，伊蓝用力地推开演出中心的大门，由于长时间奔跑，她的头发和衣服都已经半湿了。演播厅的门很重，推开的时候发出沉闷的声音。但没有人注意到伊蓝，所有人的目光都已经被台上的四个正在热情狂舞的男生所吸引。

跌跌撞撞跟在伊蓝后面的，是拎着一个大袋子的萌萌，袋子里装的是伊蓝的演出服。从初赛开始，这些都是由热心的萌萌一手操办的。萌萌好不容易也跑到了门边，上气不接下气地问："怎么样，赶没赶上？"

"伊蓝姐！"就在这时，屋内忽然有人发出一声惊喜的叫喊。

随即，那人从座位上弹起来，直奔到伊蓝身边，说：“伊蓝姐，你终于来啦！太好啦，我就知道你会来！”

是林点儿！

“我要比赛。”伊蓝说，“我该找谁？”

“跟我来！”林点儿一下把伊蓝拉到舞台前方主持人的面前，在震耳欲聋的音乐声中大声喊道：“美女姐姐，这里还有一个参赛者！”

“什么？”主持人看着伊蓝急切的眼神说，“都快结束了，你怎么回事？多少号？”

“我没抽签。”伊蓝说，“很抱歉，抽签那天我病了，在医院里。”

“对，病了病了。”萌萌说，“在输液，来不了。”

“对，在输液，来不了。”林点儿重复道，看着主持人说，“美女姐姐，你就让她上去跳吧，她跳得可棒了，你看了就知道了。”

主持人的确是个很漂亮的女孩子，她扑闪着大眼睛，看着伊蓝她们三个说：“真抱歉，我做不了这个主。”

“那谁能做主？”林点儿飞快地问。

主持人用手指着一排角落里的一个中年男人。她手刚指，林点儿已经如炮弹般飞速地奔了过去，不过短短两二分钟，她又飞速地奔了回来，激动地说：“搞定了，快快，我带你去旁边的小房间换衣服！”

林点儿轻车熟路地将伊蓝和萌萌带进了演播厅旁边的一个小屋子里，关上门，嘴里不停地喊着“快快快”。萌萌一面手忙脚乱地帮伊蓝换着衣服，一面夸林点儿说：“小妹妹行啊，这么快就搞定了。”

“那人是我爸的手下，”林点儿满不在乎地说，“能不给本小姐一点面子？”

正说着，三人都听见外面的音乐声停了，只有欢呼声和掌声。林点儿对伊蓝说：“你莫慌，应该还有两三个选手，加上现场打分什么的，怎么着也要半个小时，你该化的妆还是要化的。我出去看看，要是实在来不及我就想办法让他们等一会儿，反正是当场公布决赛名单，现场观众没看到结果是不会走的。”

“别慌！”萌萌往伊蓝的脸上扑着亮粉说，“拿出你最好的状态来，成败在此一举。”又一把抓住林点儿说：“你先别出去，快来帮我给她编小辫儿，工程很大的。”

“好。”林点儿说。

二十分钟后，萌萌和林点儿推着一身藏族少女打扮的伊蓝出来了。在众人惊讶和欣赏的眼光中，伊蓝走上台去，立于舞台中央，背对着现场观众。萌萌把CD递到音响师的手里，主持人站在台边宣布：“接下来，是我们今天最后一位选手，伊蓝，给我们带来舞蹈《阿姐鼓》。”

音响师的手指在调音台上一推，朱哲琴无与伦比的歌声开始在演播大厅中忧伤地回荡：我的阿姐从小不会说话，在我记事的那年离开了家，从此我就天天、天天地想阿姐啊，一直想到阿姐那样大。我突然间懂得了她……伊蓝在这样的歌声中纵情起舞，完全忘却周围世界的存在。这是伊蓝自编的舞蹈，既有传统舞蹈的精彩，又有现代舞蹈的时尚，加之鲜明的民族特色和伊蓝出色的演绎，让现场的每一个听了一下午震耳欲聋音乐的人都不由自主地屏息欣赏，眼光和心思都随着伊蓝的每一个动作而荡漾。直到音乐结束，最后一个动作在伊蓝的弯腰俯首中定格，全场观众才如梦初醒般地爆发出经久不息的掌声。

“伊蓝姐，你太棒啦！”林点儿冲上了舞台，紧接着是萌萌，她俩激动地抱住了伊蓝。伊蓝忍住眼中激动的泪水，拉住她俩的手，三人一起谢幕。

评委们无一例外地亮出了全场的最高分。

五分钟后，主持人当众宣布决赛名单。一共有十位选手进入了半个月后的决赛，伊蓝以总分第一的成绩毫无争议地入了围。决赛将面向全市直播，由观众的短信投票决定最终的名次，获得第一名的选手不仅可以得到一万元奖金，还可以去参加全省的比赛呢。

“得了奖金要请客哦。”林点儿高兴地说，“伊蓝姐肯定能得第一，其他的选手和伊蓝姐生在一个时代是悲哀的！”

萌萌笑道：“小嘴真甜呢。”

林点儿嘿嘿地笑，忽然又看着伊蓝说：“你怎么不高兴？应该笑，笑才对呀！”

“你们没听说吗？接下来有半个月的封闭训练。”伊蓝转头看着萌萌。

萌萌想了一下说：“撒谎，就说学校要补课。”

“封闭训练是肯定不行的。”伊蓝皱着眉头说。

“怎么了？”林点儿不明白。

“伊蓝她妈妈不让她参赛。”萌萌说。

“我看你就不用训练了，你已经够专业的了。”林点儿说，“你们等等我，我去找人说说看。”

林点儿真是厉害，没过几分钟就回来了，还带着那个负责的中年男人。他看着伊蓝问：“确定来不了吗？训练课对你有帮助的。”

“要补课。”伊蓝说，“就要高三了，学校管得紧。”

中年男人捏着下巴看了伊蓝一下说：“林点儿说得也对，你很专业，不培训也没什么。不过你要记得，一定不能误了彩排！”

“行！”林点儿抢先说，“我会记得提醒她。”

“还有上电视时的服装和化妆，像今天这样子都是不过关的，知道吗？”

“知道。”又是林点儿抢先说，“我们都会替她搞定的。”

“那就这样，留下电话，有事情我们会及时通知你。”

萌萌和林点儿击掌庆贺。伊蓝也忍不住笑了，转过头，竟看见了他。他站在不远处，微笑着，朝她竖起大拇指。

“卜老师！”萌萌尖叫一声，冲上去抓住他的胳膊，“卜老师，你怎么会在这里？”

“师大有不少同学参赛，我是来替他们加油的！”卜果走上前，伸出手对伊蓝说：“恭喜你，我说过你会拿第一的，有没有说错？”

伊蓝不好意思地伸出手，他用力地握住，时间比伊蓝想象的要长久一些。

林点儿在一旁赞叹:“全是帅哥美女，眼睛都花了哦。”

“他是我们老师！”萌萌得意地说。

“狂倒!”林点儿更夸张,“他要是到我们班教书，一定会被女生们乱崇拜的眼神给谋杀掉的啦。”

卜果笑，看着伊蓝。伊蓝又不自觉地躲开了他的目光。

回到家里，已经快到六点钟了。她坐在沙发上，见伊蓝进来，劈头就问:“去哪里了? 怎么这么晚才回来?”

“萌萌打电话来，我才知道今天是返校日。”伊蓝不敢看她的眼睛,“我从学校出来，又去菜场买了些菜。见你睡着了，所以没喊醒你。”

“哦。”她说。

“你怎么样了? 好些没?”伊蓝把菜拎到厨房里说,“我买了骨头，炖汤喝。”

“天热，没胃口。”她说。

“没胃口也要吃，医生说你营养不够。”

“别听他的，他是要推销他的保健品。”她不服气地说,“我的身体自己清楚。”

伊蓝在厨房里忙碌的时候，她忽然又进来，问伊蓝:“上次秦老师来，你们有没有说些什么?”

伊蓝不明白她的意思。

她摆摆手说:“你看书去吧，我来做。”

伊蓝擦干净手，回到自己的房间，对着镜子摸摸脸颊，还有些发烫。她想起自己下午在舞台上舞蹈的时刻，发现自己竟然异常地贪恋，那种忘掉一切超越一切的感觉，也只有在起舞的时刻才能够拥有。

接下来的半个月，伊蓝非常忙碌，到艺术中心去练舞，修改和充实自己的舞蹈；到电视台去彩排，做造型。当然，这一切都是在萌萌的帮助下瞒着章阿姨进行的。章阿姨已经恢复了去给学生上课的生活，随着考级临近，她越来越忙，也没有那么多心思来管伊蓝。倒是伊蓝每天关心着她的身体，常常提醒她不要太过劳累。就在这样的忙碌中，决赛的前一天到来了。

萌萌就像伊蓝的经纪人，她打电话给伊蓝，吩咐她许多的细节，又说已经告知能告知的人收看明晚的电视，多给她投票。

“我还打了电话给卜果，他说他一定投票呢。”萌萌说。

“你真能折腾。”伊蓝笑，“万一拿不了奖，我岂不是成了一个笑话？”

“瞧你说的。”萌萌说，“我看好的人准没错。林点儿这小丫头也动员了不少人到现场捧你的场，我们连横幅、广告牌都做好了，会让你惊喜万分的。你只要好好跳舞就可以了，我们学校就靠你争光啦。”

“还好她从不看电视，不然我就完了！”伊蓝说。

“直播晚上八点开始，可是你明天一天都得在电视台，怎么办？”萌萌有些担心。

“没事的。”伊蓝说，“她现在都是一早出去，晚上十一二点才回来。”

“那就好那就好。”萌萌说，“我明天早上九点在电视台门口等你。林点儿说搞定了造型师，还要特意给你化化妆呢。”

但是，谁也没有想到，人算不如天算。第二天一早，伊蓝醒来，发现章阿姨并没有出门，而是破天荒地坐在沙发上看电视。伊蓝的心狂跳起来，开始觉得有什么不好的兆头。

“你怎么了？”她看着伊蓝问，“一大早脸色就这么难看。”

“我，没什么。”伊蓝摸摸后脑勺说，“你今天怎么没去教课？”

“我想休息一天。”她用手把额头支起来，表情疲倦地说，“我好像太累了。”

“你是太累了，那就好好休息吧。”伊蓝顺手把电视关掉说，“电视太吵了，要不你去睡睡？”

“好。”她站起身来说，“中午煮点稀饭吃。”

“我替你煮好放在这里。”伊蓝心乱跳着说，“我今天要到外面吃饭。萌萌过生日，请了一大帮同学，打算玩一天。”

“怎么个玩法？”她有些吃惊的样子。

“就是……在一起说说话，玩一玩，吃点东西，别的没什么呀。”伊蓝连忙解释，“你也知道，萌萌是我最好的朋友……”

“那你是不是要准备礼物给人家？”她打断伊蓝。

“小礼物就行了。”伊蓝说，“我已有打算。就是，晚上可能要晚些回来。”

“这种风气！”她站起身来，说完也没说同不同意，就走进自己的房间，关上了门。

伊蓝也顾不得那么多了，替她煮好稀饭，急匆匆赶到电视台门口的时候已经快十点钟了。萌萌和林点儿的脖子都快要望断了，萌萌责备她说："撒谎也不跟我通通气，害得我差点穿帮！"

"怎么了？"伊蓝问。

"我打电话到你家，你妈问我生日什么的一大堆，好在我反应快！"萌萌吐吐舌头。

伊蓝觉得不妙，但也只能说："算了，先全心对付比赛吧。"

伊蓝心里想，只要真的拿到第一名，把一万块钱拿回家，相信她会理解自己的苦心的。就算是被她骂被她打都是后面的事，再说，这么多年，她也从来没有动过她一根手指头，有什么事，怄怄气也就过去了吧。

第一件事是抽签，伊蓝抽到的序号是八号，一个很吉利的数字。由于是现场直播，电视台格外重视，整个白天都在化妆、彩排中飞快地耗掉了。有电视台的记者来采访伊蓝，问她有没有信心在决赛中取得第一名，伊蓝笑笑说："尽力吧。"

林点儿不停地在旁边戳伊蓝的腰，等记者走了就骂她没经验。她对伊蓝说："你应该说我一定行，我是最棒的。你没看见吗？电视上参赛的人都这么说。"

"我说不出。"伊蓝说，"不好意思说。"

"做明星，首先要有自信。"林点儿鼓励她说，"今天要是再拿第一名，肯定有记者缠着你不放，你可一定要放得开呀。"

"林点儿挺有经验嘛。"萌萌打趣说，"看来我这个经纪人要让给你当才行啦。"

"在这行混熟了呗。"林点儿嘻嘻笑。

“你爸爸在电视台是做什么的？”

林点儿把一根手指竖起来放在嘴唇上，神神秘秘地不肯讲。这时已经是黄昏，伊蓝的辫子已经编好，妆也化好了，造型师吩咐她不可以弄乱，所以，伊蓝只能安安静静地坐在那里看着窗外发呆。

林点儿看着发呆的伊蓝，轻声对萌萌说：“伊蓝姐真是美，你觉得呢？”

伊蓝回过头来冲她们微笑。

萌萌也说：“是的，她是我们学校的校花呢。”

“是啦是啦，”林点儿说，“我们班女生都当她是偶像呢。”

萌萌一把揪住林点儿，正儿八经地说：“先说好，签名要找我啊，我是经纪人，没我同意不可以的。”说完了，她和林点儿抱起来笑作一团。坐在一边的伊蓝旁观她们的快乐，心里想到的却是她，不知道她身体可好，中午继续吃稀饭的话，晚上会不会自己弄点好吃的。

林点儿说得对，其实自己一直就不懂得表达，对陌生人是这样，对身边的人也是这样，所以才会如此尴尬，爱得尴尬，牵挂得尴尬，什么都尴尬。

“伊蓝，收花！”忽然有人将一束花送到伊蓝的手里。还有一张卡片，卡片上面写着：送给冠军伊蓝。我今天有事来不了现场，非常抱歉！

“谁呀？”萌萌一把将卡片抽过去看。

上面并没有留言，但伊蓝想，应该是他。

“这么快就有粉丝啦！”萌萌摇着卡片说，“瞧咱们伊蓝，真不是盖的！”

“哦呵，哦呵。”林点儿附和道，“可不是呢可不是呢！”

那是一束玫瑰，伊蓝生平收到的第一束玫瑰，十二朵，怒放的红色玫瑰。伊蓝将它们捧在手里，心忽然柔软得无以复加。

八点钟，随着导演的一声呼喊，比赛正式开始了。也许是赛前参加了强化训练班的缘故，决赛时的选手比起复赛时的选手，在各方面都有了长足的进步，这导致比赛从一开始就进入了高潮，每位选手的得票都跟得很紧，而且票数都在不停地往上涨。终于轮到伊蓝了，她深呼一口气上了场。林点儿和萌萌领衔的尖叫声让人疑心整个演播厅的顶快被掀翻。舞台边，道具师放上了一只大鼓，依然是那支《阿姐鼓》的舞蹈，依然是朱哲琴无与伦比的歌声，依然是伊蓝一个人的舞台，依然是观众鸦雀无声的欣赏，依然是结束后全场经久不息的掌声。

所不同的是，当伊蓝结束最后一个动作抬起头来的时候，看到了一双眼睛，眼神是很奇特的，交织着欣赏和愤怒，绝望和疼惜，让伊蓝的心为之一颤，不敢再与她对视。

萌萌顺着伊蓝的目光向后看去，惊讶地捂住了嘴，脸上的微笑也在瞬间冻结了。

主持人走上台说：“跳得真好！我想我有必要跟大家特别介绍一下八号选手伊蓝。伊蓝自幼喜欢舞蹈，得过很多的奖项，而且，她的钢琴弹得也非常棒，就在去年我市举办的推新人大赛中，她以出色的表演荣获了第一名。我们希望这位多才多艺的美丽少女，今天一样可以给我们带来奇迹。让我们来看看她现在的得票数。”

大屏幕滚动的页面静止了，伊蓝获得了三万多票，比第二名足足高出五千多票。

林点儿又开始免费贩卖她高分贝的特色尖叫。

“恭喜伊蓝！”主持人兴奋地说，“不过比赛还将继续进行，我们还有两组选手要出场。短信投票通道会继续为大家开通，欢迎各位继续为你们喜欢的选手投票！”

伊蓝朝台下望去，那双眼睛不见了。

她下了台，萌萌奔到台边，一把抱住了她，在她耳边说：“她走了。”

“我们也走。”伊蓝说。

“不行！”萌萌一把拉住她说，“怎么着也要等到最后的结果，不然我们的功夫就全白费了。”

伊蓝心神不宁地在选手的位置上坐下来。林点儿在远方不停地向她抛媚眼，然后是飞吻，越搞越夸张。

结果很快就出来了。

一个一个的奖项公布出来，念到金奖获得者时，是伊蓝的名字。

伊蓝有些晕乎乎地上了台。主持人对她说：“伊蓝你好，你以复赛第一的身份进入今天的决赛，又获得了决赛的第一名，请问你现在最想说的是什么？”

“我不知道。”伊蓝说。

大家一起笑。台下的林点儿显然不满意伊蓝的回答，紧握双拳，脸上的五官都挤到了一块儿。

“那你想拿第一吗？”

“当然。”伊蓝说。

主持人还在不依不饶地问：“那你可不可以告诉我们，你参赛的最终目的是什么？”

“我需要那一万块钱。”伊蓝说。

台下一片哗然。

伊蓝拿着奖杯，头也不回地走下了台。

夜里十一点多，萌萌和伊蓝从电视台的车上跳下来，回到了伊蓝家楼下。为了增加收视率，奖金是现场发的，安全起见，电视台派车一直将伊蓝送到家。

萌萌让司机等一下，把伊蓝拉到一边，轻声问她：“要不要紧？”

“应该不要紧。”伊蓝说。

“要不我陪你上去吧，我就说是我逼你去的逼你撒谎的。”

“不用了，我自己跟她说。”

“那好吧，开心点。你得了第一名，明天报纸、电视上全都会报道，你妈妈应该高兴才对。我想她不会怪你的。”

“你快走吧。”伊蓝挤出一个笑脸催她，“不早了，再不回家你妈妈该担心了。”

伊蓝捧着奖杯，带着一万块钱回到了家中。家里一片漆黑，伊蓝估计她正坐在房间的某个角落等着审讯她。伊蓝已经下定决心，不管她怎么骂，都绝不还口。

伊蓝深吸一口气，摸索着摁亮了客厅的大灯。

她不在客厅。

伊蓝放下东西推开她房间的门，床上没人。

再来到自己的房间，也没有人。

阳台上、卫生间，都没有人。

她竟然没有回家！

不知道为什么，伊蓝开始觉得慌乱，一种说不出的恐惧开始在心里滋生。她不由自主地奔到座机旁，却发现她根本就没有带手机，手机在座机边上。

就在伊蓝不知道该怎么办的时候，家里的座机尖锐地响了起来。伊蓝颤抖着双手，竟然不敢伸手去接。

忽尔今夏之三

八月最炎热的午后，医院。

伊蓝倒了一杯水，递到章阿姨的手里，轻声说："喝点水吧！"

她接过，迅速地把杯子朝着伊蓝掷过去。伊蓝没能躲开，杯子砸在她的胸口，然后咣当一声掉到地上，摔得粉碎。伊蓝仓促后退，白色的汗衫还是湿了一大片。

就在这时，她看到了他。

他是个看上去很文雅的男人，戴无边眼镜，穿很好看的格子衬衫，三十多岁的样子，站在病房的门口，用同情的眼光看着伊蓝。

伊蓝俯下身，慌乱中找了一张报纸收拾残局。

他走近，对伊蓝说："小心手指。"然后，掏出他白色的手帕说："用这个。"

那手帕太干净了，伊蓝当然不会用。更何况他根本就是一个陌生人。伊蓝拂开他的手，三下两下地把杯子的碎片都装到报纸里，然后找来扫帚清扫地面的碎片。这时，伊蓝听到他问候章阿姨："章老师，您好些没？"

原来是她的朋友。

伊蓝并不知道她有这样子的朋友。

也许是刚才的粗鲁行为被人看见，她多少显得有些尴尬，吃力地从病床上坐起来说："唉，你看，这一病，把丁丁的课给耽误了。"

"没关系的，养病要紧。"他从包里取出一个信封说，"您上个月的家教费，我给您送来了。"

"不用客气不用客气！"她双手直推。

"应该的，应该的。"他客气地将信封放到床头，微笑着说，"丁丁这两天有些感冒，我不敢带他来医院，不过他一直念着您呢。"

"是吗？"她嘴角浮起这几天来难得的笑容，"我也想他来着。"

"那等他好了，我再带他来看您。今天我还有事就先走了。"

"好的。"她转身吩咐伊蓝，"伊蓝，你替我送送单总。"

伊蓝默默地陪他走出病房，他向伊蓝做了一个再见的手势，转身大步地走了。眼看他就要拐弯走出自己的视线，伊蓝拔腿追了上去。在医院一楼空荡荡的大厅里，伊蓝终于追上了他。不知道他的名字，也忘了他姓什么，伊蓝只好冲上去，张开双臂拦在他的面前。

"怎么了？"他心领神会地问，"找我？"

伊蓝喘着气点头。

“有事慢慢说。”他微笑。

“我有十级钢琴证书。”伊蓝说，“让我替她教课，行不行？”

“章老师的病需要很多天才能好吗？”他惊讶地问。

伊蓝看着他，大眼睛里充满了泪水，过了半晌，终于说：“她得了癌症。”

“呀！对不起。”他显然吓了一跳，“还没做手术吗？”

“请让我去教课。”伊蓝说，“你可以试，第一堂课，我不收钱。”

“你是她女儿？”

伊蓝点头。

“我们通过电话。”他说。

伊蓝却怎么也想不起来。

“你告诉我你妈妈病了那次。”

哦，这回伊蓝记起来了，那个温和的男声，应该是他。

他想了想说：“我看还是你妈妈的病比较要紧，你是不是得照顾她呢？”

“她常常睡觉，我可以走开的。”伊蓝说，“请考虑，我真的需要这份工作。”

“那好吧。”他掏出名片递给伊蓝说，“上面有我的联系方式，你告诉我你方便的时间，我可以来医院接你。”

“她一般是什么时间去？”伊蓝问。

“每周三次，一、三、五的下午。”

“谢谢您。”伊蓝将名片小心地收到裤子口袋里。

“衣服湿了，夏天也要小心感冒。”他指着伊蓝的衣服说，“还是换一件吧。”

伊蓝点头，转身离开。走了很远回过头，发现他还留在原地看着她，并朝她挥挥手。走过拐弯处，伊蓝掏出他的名片细看，知道了他叫单立伟。名片上只有这个名字，没有头衔。地址好像也是家庭地址，无从知晓他到底是做什么的。但可以肯定的是，他接纳了伊蓝，而不是像别的家长那样断然反对。在这之前，伊蓝已经找到她的电话簿打过一些电话，家长们均委婉地拒绝了她。更要命的是，艺校的负责人今天已经打过电话来，说是学校不能干等她回去，所有的家长都已经要求换老师。

私人的学校，就是这么残酷。

人没走，茶已凉。

她病后就没用过手机，这些电话都是伊蓝替她接的，伊蓝没敢告诉她。

病情，也没敢告诉她。秦老师说，稍等，等确诊了再说。那晚，是秦老师送她到医院里去的，她培训不忙，去看伊蓝，家里没人，于是在楼下等，结果眼睁睁地看着章阿姨从出租车上下来，一头栽倒在地上。

秦老师赶紧喊住那辆没开走的出租车，把她送到了医院。

没有想到，查来查去，结果会是如此让人心寒。

“她是个好人。”秦老师握住伊蓝冰凉的手说，“这么多年，她视你如己出，你应该感到庆幸。”

伊蓝一直在发抖，她说不出任何的话来。

“乳腺癌也不是那么难治的，我就听说好多人治好了，最多把它切掉。”秦老师说，“你不要担心，现代医学很发达。”

“是不是要很多钱？”伊蓝问。

“你不要担心。”秦老师说，“我这就回去想办法。”

“可以卖房子。”伊蓝说。

“那怎么行？卖了房子，你们在城里怎么安身？”秦老师安慰她说，“还不到那一步。不是还在化验吗？也许是误诊。”

误诊？

好像这么多天以来，所有的希望都寄托在这两个字上。

伊蓝和单立伟告别后并没有回病房，而是去了主治大夫的办公室。主治大夫是个中年女人，伊蓝进去的时候，她正在打电话，打的时间很长，大约是说晚上在哪里吃饭唱歌。伊蓝站在一旁，很耐心地等她打完才开口：“我想问问47床的病人到底怎样。”

她翻着病历，看了看伊蓝说：“你是她什么人？”

“女儿。”伊蓝说。

“那天那个呢？”

“朋友。”

“还有别的亲人吗？”

“没有。”

大夫忽然叹了口气，说：“其实我那天就说过了，快筹款吧，准备手术，越拖会越麻烦的。”

“需要多少？”

大夫看了看伊蓝说:“先准备十万再说。”

伊蓝的头轰轰乱响，她只有一万块，还是她的奖金，除此之外，她们的存款实在微薄。

伊蓝拖着沉重的脚步回到病房，章阿姨不高兴地说:“送个人怎么这么久?”

“去了一下卫生间。”伊蓝说。

“我今天要出院，你去办一下手续。”她说。

“不行的。”伊蓝坚决地说，“你不可以出院的。”

“你懂什么!”她说，“在这里睡一天要交一天的钱，我宁肯在家里睡。”

“你就知道钱!”伊蓝说，“钱有什么用?”

她一巴掌挥到伊蓝的脸上来。

旁边病床陪床的阿姨都看不下去了，疾步走过来，拉开伊蓝说:“不要打孩子，我看这两天她都累坏了。”

“我家的孩子!”她直着脖子喊，“我打我女儿，关你什么事!”

“你打!”伊蓝推开那个好心的阿姨，冲到她面前说，“你打啊，打啊，你打我你的病就能好了吗?如果能，你打死我好啦!”

“别这样，姑娘!”阿姨冲上来抱住伊蓝，劝她说，“算了吧，你妈妈也是身体不好。”

眼泪从伊蓝的脸上止也止不住地流了下来。

她看着伊蓝的眼泪，忽然就怕了。

这么多年，她很少见到伊蓝流泪，伊蓝的泪水轻易地击垮了她。她好像明白了一些什么，从床上下来，摇摇晃晃地朝着外面走去。伊蓝远远地跟着她，看着她在过道上询问一个护士，两分钟后，她走进了刚才伊蓝进去过的那个办公室。

伊蓝靠在墙边，努力让自己站稳。

知道就知道吧，知道了，也未必就是坏事。

林点儿和萌萌就是在这时候来的。林点儿戴了一顶有些夸张的花草帽，她和萌萌的脸都被晒得红红的，由此可见外面的阳光有多么炙热。

“我都知道了。”萌萌说。

“我们都知道了。”林点儿说。

坏消息总是传得这么快。

伊蓝把头扭过去，看着她从医生的办公室走出来。伊蓝知道，她也知道了。她走得慢慢的，很慢很慢，脚贴着地面，头低着，像是在费力思索什么。伊蓝不由自主地奔过去，扶住她。她并没有拒绝，母女俩就这样走回了病房。

伊蓝扶她到床上躺下，她忽然变得像个孩子，说：“我要喝水。”

伊蓝倒了水给她，她几口喝完，倒到床上，眼睛闭起来，像是睡着了。但是伊蓝清楚，她没有睡着，她的大脑正在运转，超速地运转，慢慢消化和接受一个残酷的事实。

林点儿将小脑袋探进病房，向伊蓝招手，示意她出来。

伊蓝走到外面。林点儿说：“伊蓝姐，电视台让我给你带个话，省里的比赛在八月二十九号，开学前两天。”

"我去不了。"伊蓝朝里看看说，"她这个样子我哪里也去不了。"

"第一名有三万块奖金。"萌萌说。

伊蓝的眼睛亮了一下，但又飞快地暗了下去。

"来不及的，"伊蓝说，"医生说这两天必须交十万。"

萌萌叹气道："本来可以到班里募捐的，可惜现在放假。"

"你别急，"林点儿老气横秋地说，"容我想想办法。"

林点儿和萌萌离开后，伊蓝回到病床边。她听到伊蓝的脚步声，忽然睁开了眼睛，从床下摸出一个信封说："去，帮我还人家一千块，我把地址给你。"

"怎么了？"伊蓝问。

"他只应该给一千块，却给了两千块。"她说，"你去还给他，跟他说我不要这个钱，这样子不尊重人！"

"你不愿意去我去！"她从床上坐起来说，"我还没死，还走得动。"

"还是我去吧。"伊蓝从她手里接过钱，强行把她按到床上去。

已是黄昏。盛夏黄昏的太阳依然余威不减，无声无息地吐着疯狂的热浪。有空调的公交车需要两元钱，伊蓝只坐没空调的。她转了二次车，才辗转到了名片上的那个地址。那是一个高档的别墅区，伊蓝清楚地说出单立伟的名字以及房子的号码后，保安才放她进去。很远地，伊蓝就看清了保安指给她的那幢别墅，院子很大，有一棵很大的桂花树，像极了青木河镇那个疯女人家门前的那棵。前尘往事在瞬间击痛伊蓝的心，她站在原地，好久不能动弹。

直到听到一个小孩号啕大哭的声音，伊蓝才如梦初醒般地朝着房子走过去。

哭声是从单立伟的房子里传出来的，伊蓝敲了敲门，没人回答。孩子却是越哭越厉害。伊蓝从窗口看去，看到一个五六岁的小孩子坐在客厅地板中央高声大哭，身旁各种各样的玩具散落一地。

“喂！”伊蓝朝着他喊，“你哭什么呢？”

小男孩把手抬起来，哭着说：“痛，血！”

伊蓝清晰地看见他的手指在滴血，想必是被什么玩具不小心割破了。

“你别怕。”伊蓝赶紧安慰他说，“男子汉要勇敢。你家大人呢，去哪里了？”

“阿姨烧鱼没有葱，她说去外面买根葱，三分钟就回来，让我自己在家玩会儿。”

“哦。”伊蓝隔着窗户指挥他说，“你先拿张纸巾过来，姐姐替你擦一下。”

小男孩隔着防盗窗递过纸巾，把手也伸出来。

伊蓝观察了一下，还好伤口很浅，血已经不再流了，于是放心地说：“没事的，很快就会不痛了。”

“你找谁？”小男孩看着她，好奇地问。

“单立伟。”伊蓝说，“他是住这里吗？”

“他是我爸爸，可是我不能给你开门。”小男孩机灵地说，“因为我不知道你是好人还是坏人。”

伊蓝被他逗乐了。就在这时，一个中年妇女小跑着进了院子，手里拎着一些菜，见到伊蓝高声问：“找谁？”

“单先生。”伊蓝说，“我是章老师的女儿。”

“哦！快请进请进！”妇女打开门说，“听说章老师病了，不能来了，丁丁好伤心的。”

“章老师呢？”门一开，丁丁就钻到伊蓝的身边问，“是章老师让你来的吗？”

“她暂时不能来。”伊蓝摸摸他的头发说，“以后姐姐教你好不好？”

他看了看伊蓝，调皮的大眼睛一眨一眨，好像在思考行或是不行。伊蓝笑笑，拉着他走到卫生间，帮他把手洗了一下，又让女人找来创可贴，帮他包扎上。丁丁出神地看着伊蓝做这一切，在她耳朵边上说悄悄话：“姐姐，你的手指真好看，我的手指就不行了，不能学琴的，可是我爸爸非要我学！”

说完，他伸出十根胖胖的手指，在伊蓝面前晃来晃去。

伊蓝点点他的小鼻子，他咯咯咯地乱笑。

那中年妇女笑着走过来对伊蓝说：“我跟单先生打过电话了，他让你等一等，他马上赶回来。”

“好啊。”伊蓝说。

趁着等单立伟回来的时候，伊蓝抓丁丁过来弹琴，想看看他的水平如何，为以后给他上课做好准备。丁丁已经会弹断断续续的曲子，看得出来，丁丁是个有灵气的孩子，而章阿姨以前教得也非常有耐心。从丁丁指尖流出的是她以前最爱弹的一首歌谣，伊蓝不知道是什么名字，只依稀记得两句歌词：多少的往事，已难追忆，多少的恩怨，已随风而逝，两个世界，几许痴迷……

那个时候，伊蓝刚住到她家里，她常常弹这支曲子，有时会轻唱，像是怀念着什么。后来，她再也不弹不唱了，也不许伊蓝弹，可没想到，她竟把这支曲子教给了一个六岁的孩子。

小男孩好动也怕热，虽然开足了空调，但丁丁的脸上还是布满了汗珠。伊蓝拿了一张纸巾，细心地替丁丁把汗擦掉。丁丁却忽然停下来，问她："我弹得如何？"

"很好呀。"伊蓝说。

"可是，我不记得下面了，手指也痛哦！姐姐你弹下去，好不好？"

"好。"伊蓝说。

一支曲子弹完，身后响起掌声。伊蓝回头，竟看到单立伟，不知何时，他已经回到了家中。

"爸爸！"丁丁跳过去，整个人吊到他身上，不肯下来，撒娇说，"手划破啦，是姐姐替我包起来的哦。"

"单先生。"伊蓝也站起身来。

"那还不谢谢姐姐。"他好不容易把缠在身上的丁丁放下来，给伊蓝递过去一瓶饮料说："罗姐忙着做饭，竟然不记得给你倒水。"

"谢谢你。"伊蓝确实也渴了，接过来一饮而尽。然后，她掏出一千元，放在茶几上，对他说："她让我还给您，她说您给多了。"

“不必认真吧。”单立伟说，“我去医院看她，也没买什么东西，所以……”

“她很认真的。”伊蓝说，“请别让我为难。”

“那好吧。”单立伟无奈地说，“留下来吃饭，可好？”

“我得走了，她一个人在医院里，我不放心。”

“姐姐何时再来？”丁丁插嘴。

“周三。”伊蓝弯腰对他说，“以后我会常常来，教你弹琴，好不好呢？”

丁丁有些不信，转头看着爸爸。

“是的。”单立伟说，“以后姐姐会常来。”

“太棒了！”丁丁一蹦三丈高。

伊蓝摸摸他的头，跟他们父子告别。她还没走出小区，就听见后面的喇叭声，转身一看，是单立伟，正做手势示意伊蓝上车。

“不用了。”伊蓝摆手说，“从这里走出去很快就到公交车站了。”

“来，上车，我送你。”他的语气温和，但是不容拒绝。

伊蓝想了想，拉开车门，听话地上了车。

车子开动了，他问她：“你多大了？”

“就要十七岁了。”伊蓝说。

“舞跳得很好。”他说，“我昨天无意中在电视上看到重播的节目，你是当之无愧的第一名。”

伊蓝忽然脸红了。

“丁丁很皮。”他说，“你妈妈很有耐心。”

“我也会的。”伊蓝说。

他忽然笑了。“你也不用有压力，我不要求丁丁考级什么的，我让他练琴就是想让他能安静些。”

伊蓝忽然想起很久以前，章阿姨把她接回家，让她第一次坐在钢琴前时，说：“你太安静了，钢琴可以让你的内心变得更开放。”其实她说得对，现在回想起来，伊蓝应该好好谢谢她，是她让自己在音乐和舞蹈中得到足够的释放。那些成长时的酸与痛，苦与涩，才能在不知不觉中灰飞烟灭。

夏天的天是孩儿脸，雨已经铺天盖地下了起来，很大的雷雨，几乎看不见路。他把车停到路边的一块空地上说：“咱们等等再走。”

“谢谢你送我。”伊蓝由衷地说。要不是他，此时的伊蓝应该还没上公交车，而且肯定会被这场突如其来的大雨浇个浑身湿透。

他看着伊蓝，笑了笑，眼神里有说不出的怜惜。

伊蓝别开头去看车窗外的雨。

人生中有很多东西都是这样突如其来。

第一名。一万块。讲台上充满阳光的微笑。她的病。咖啡馆里没有实现的邀约。第一束玫瑰以及这场来得莫名其妙的雨。

欢喜的那些，接受了。躲不过的那些，忘掉了。正在经历的，又该如何呢？灾难到底会不会过去，到底何时才是尽头？少女伊蓝坐在单立伟豪华的车内，看着窗外的滂沱大雨陷入了沉思。

绝烈的伪装

“灯光师，你过来！”

“摄影师，机子架到这边！”

“时间不多，动作要快些！”

“从做早饭开始拍，厨房要弄干净点，垃圾桶放远点！”

……

一大清早，伊蓝的家里就拥进来一大批人。导演是个女的，一看就很干练，声音尖尖地吩咐着每一个人。摄影师皱着眉头看着伊蓝说:“有破点的衣服没?”

“没。”伊蓝咬着下唇。

章阿姨在伊蓝的穿着上从不含糊，所以伊蓝的衣服虽然不多，但大都体面。伊蓝实在有些不明白摄影师说的破衣服是什么意思。

“那就换上校服吧。”导演说。

伊蓝默默地进了里屋，林点儿也跟着进来了。她把门带上，压低声音对伊蓝说:“伊蓝姐，导演说就这两三天抓紧拍完抓紧播出。你可能要辛苦些哦。”

“到底行不行？”伊蓝不放心地问。

“行！”林点儿说，“省电视台是上卫星的，收视率倍儿高。只要这专题片一播出，还不知道有多少人抢着给你捐款呢。”

“这事儿绝不能让她知道。”伊蓝说。

“放心啦，在医院的所有镜头都是偷拍。你该干吗干吗，就当什么事也没有。”

“可是……”伊蓝为难地说，“我怎么老觉得哪里不妥呢？”

话音未落，外面已经响起了敲门声，有人在催，声音急切：“好了没有？快一点！”

林点儿冲伊蓝吐吐舌头。

伊蓝换好校服出去，导演看着她说：“挺好，就这样。接下来我们拍你做早饭、洗衣服和收拾房间的镜头。你别紧张，平时该怎么做就怎么做，注意表演的痕迹不要太浓。”

伊蓝点点头。

林点儿多嘴多舌地说：“导演你放心吧，伊蓝拍过电影的，这只是小意思啦。”

导演示意开始。伊蓝按照他们的要求默默地做，每一个镜头都顺利通过，没有重拍。导演对伊蓝非常满意，拍拍她的肩说：“咱们现在去医院送饭，就像你刚才那样，要好好表现。我们拍的纪录片啊，不仅要播出，还要在全国拿奖。到时候啊，让全国人民都知道你！你要成为全国少女的榜样！”

“在医院请把机子收起来。”伊蓝恳求道。

“放心，”导演说，“这个我们早就安排好了。”

夏之清晨毫无清晨的美，不过七点钟，闷热的空气就已经肆意涌动。伊蓝像往常一样，拎着饭盒出了门，但不同的是，今天她的身后还跟着“大帮人马”，这让她迈起脚步时觉得很艰难。公交车还是一样地拥挤，早起上班的人们带着新鲜的汗味开始一天的辛苦奔波。电视台的人跟着伊蓝上了车，有人见是拍电视，生怕拍到自己隐私什么的，很害怕地从后车门跳了下去，本来拥挤的车厢里立刻就滑稽地空出了一大块儿。留下来的人则一直盯着看，想要知道究竟在拍些什么。伊蓝的手抓着一只吊环，脸上的表情是隐忍的。她并不去看镜头，仿佛丧失了思考的能力。林点儿站得远远的，悄悄抛过来一个飞吻，结果被导演打了一巴掌，疼得她脸上的五官都拧到了一块儿。伊蓝把头别开去，装作什么也没有看见。

车窗外是一样的风景，心里想的，是同一个人。

那张阳光般的笑脸，读英语时的语调，初次的心动，永远不可能的重逢。每次在摇晃的公交车上，这种想念都会猝不及防地悄然来袭。心事就算早被抓到角落里，还是会如关不住的鸟一样执意地飞出来，扑腾扑腾想飞的翅膀。

终于下了车，一班人到了医院的门口，伊蓝意外地看到了单立伟。

单立伟从车上跳下来，对她说：“我没有你的电话，特意来跟你说一声，今天别再坐公交车了，大热天转来转去的好麻烦。我下午四点四十来这里接你。”

“今天不行。”伊蓝低声说，“你跟丁丁说声对不起，我后天再去。”

电视台的摄像机跟了过来，单立伟盯着他们，警觉地问：“做什么？”

“别拍这个！”伊蓝把摄影师一推，生气地说，“你们怎么回事，说好了到医院把机子收起来的！”

“没事吧？”单立伟问伊蓝。

“没事的没事的，”林点儿冲过来说，“电视台在拍片子而已。”

“单先生你先走吧。”伊蓝连忙说，“我后天联系你。”

单立伟上了车，又不放心地探出头来看了一下，最终把车开走了。

“这是谁？”导演看着开走的车问。

“学生家长。”伊蓝连忙解释说，“以前是我妈妈教他儿子钢琴，我妈病了后，是我接着去教的。”

“哦？”导演说，“那你去上课的时候，我们正好跟去拍一些镜头。”

“那怎么行？”伊蓝拼命摇手。

导演把伊蓝拉到一边说：“我们就是要拍你最真实的生活，要让世人看到一个孤女面对苦难依然自强不息的精神，要弘扬人间的爱，要让世人了解你，了解你的现状，这个片子才会出新出彩，才会有真正的意义。所以你一定要配合才行，知不知道？”

“好吧。”伊蓝无可奈何地说，“我要先跟单先生联系一下，看他同不同意。”

“行。”导演说，“白天我们先拍医院的。工作人员会把摄像机放到一个黑包里，林点儿会把它带进病房，放在该放的位置。记得，表情要自然，不要怕，知不知道？”

“好吧。”伊蓝说。

林点儿和伊蓝带着那个大黑包进了病房。秦老师见她们进去，赶紧迎上来，接过伊蓝手里的稀饭，张罗着要喂给章阿姨吃。章阿姨坐起身来，眼睛一直看着林点儿手里的黑包，伊蓝的心跳得飞快。林点儿很随意地把包往病床边的小桌上一放，对伊蓝说：“伊蓝姐，我去看一个朋友，包先放在你这里，马上就过来拿哦。”

伊蓝点点头，眼光扫过床头，发现有束鲜花，很美的百合，还沾着露珠。如果没有猜错，是单立伟送来的。

“阿姨你吃早饭，我去去就来！”林点儿朝着章阿姨乖巧地一点头，转眼人奔出去不见了。

“她是谁？”章阿姨问。

“朋友。”伊蓝说。

她并没有继续刨根问底，而是说：“稀饭有点硬了。”

“哎！”伊蓝说，“明天会多煨一会儿。”

“我吃不下了。”她推开秦老师说，“小秦，谢谢你，我有些话想单独跟伊蓝说说。”

“我去洗碗。”秦老师站起身来离开。

她朝伊蓝挥挥手，伊蓝坐到她床边去。她忽然握住伊蓝的手，表情沉重地说：“小三儿，你记住，我就是死了，你也要好好读书，考上一个好大学。我还有些存款，还有房子，都留给你。你要争气，听到没有？”

伊蓝伸出手捂住她的嘴，不让她说下去，

“你会好的。”伊蓝说，“医生说这周内肯定给你做手术。”

“我的钱不会拿来做手术的。”她说，“这种病我知道，要是扩散了，做也没有用，不要乱花钱。秦老师不容易，她借来的钱，咱们更不能花。”

“医院说了，咱们可以先欠着，做完手术再说这些。”

她不相信，瞪大了眼睛。

“我们的事大家都知道了，很多媒体也在帮忙。福利院的院长也来过了，院长说，以前是你帮助社会，现在是社会回报你的时候了。钱的事，你就放心吧。”伊蓝帮她把被角掖好，努力笑着说，“好好养病，其他的我们慢慢再说。”

她的眼睛里忽然闪出一种光芒，那短暂的光芒差点让伊蓝再度落泪。伊蓝知道，那是她对生命的渴望，谁会心甘情愿地死去？她更不愿，她有她的理想，一个五十岁未嫁的女人的理想，不是常人能够懂得和体会的。

但伊蓝想，她懂，她真的懂。

“我不想欠人太多。”她闭上眼睛，叹口气说。

伊蓝深呼一口气，起身走到门外，秦老师在病房的门口轻轻地抱了抱伊蓝，安慰她说：“没事的，过两天就做手术了。”

“我很怕。”伊蓝说。

“别想那么多。”

秦老师拍拍她的面颊说，“等会儿有人来看你。”

“谁呀？”

秦老师只是微笑，神秘兮兮地不肯讲，又关心地问：“今天拍的这个片子，何时能播出，你知道吗？”

“她绝不能死。”伊蓝答非所问，“我一定要救活她，无论如何一定要。”

“我支持你。”秦老师说，“反正现在放假，我在家也没什么事，会在这里看着她。你放心练舞去，凭你的实力，再拿个第一绝没问题。”

“谢谢你。”伊蓝由衷地说。

“瞧你！”秦老师弹了她的脑门一下，“乱七八糟的事别想了，朝着一个目标努力吧。”

差不多要到吃午饭时，秦老师所说的人终于到了。他们走进病房，两个人，一个妇女和一个男生。伊蓝都觉得眼熟，但一下子竟想不起来是谁。

“瞧，小三儿都不认得我们了。”妇女先说话。

伊蓝一听声音就想起来是谁了，惊喜地站起来，立刻看向那个男生。男生一耸肩，做出一副“可不是我”的表情。

“这是小乐吧。”章阿姨也认出来了，她立刻从床上坐起身来说，“了不起啊，听说你考上北大了。”

“撞的。”童小乐嘿嘿笑着。他变高了，变黑了，嗓子更粗了，怎么看，都和童年的那个他联系不到一块儿。

“什么时候也让我们伊蓝撞撞。”章阿姨叹气说。

童小乐说："伊蓝也了不起啊，电视上都在播放她的舞蹈，她拿了第一名，我们青木河的人都看到了。"

伊蓝气结，这么多年了没想到他还是这么笨，哪壶不开提哪壶。伊蓝看着章阿姨暗下去的脸色，赶紧拎起水瓶说："你们等我，我去打壶水来。"说完，伊蓝拎着水瓶出了病房的门。她在开水房刚把水瓶灌满，身后忽然有人说话："让我来拎。"

不用回头，也知道是他。

伊蓝让开身。他弯腰把水瓶拎起来，然后转过身对伊蓝说："小三儿，我们终于又见面了。"

"你长高了。"伊蓝说。

"你还是老样子。"童小乐说，"我在电视上看到你跳舞，你一点儿也没变。"

"待会儿别提这个。"伊蓝说，"她不喜欢的。"

"谁不喜欢？"就算考上了北大，童小乐还是这么呆头呆脑。

伊蓝懒得跟他再解释，朝着病房的方向走去，走过拐弯处吃惊地发现竟然有人在拍她和童小乐。伊蓝把机子一挡，低声说："请别这样！"

"这是导演的意思。"摄像师理直气壮地说。

"如果再这样下去，我就不拍了！"伊蓝威胁他。

"是你自己说的。"摄影师三番五次被伊蓝阻挡，当下也来气了，"你以为我想拍？"

童小乐拎着水瓶从后面赶上来，往伊蓝面前一挡，粗声粗气地问："怎么回事？"

“没事，我们走。”伊蓝赶紧拉着他离开。

童小乐一面走一面问：“你现在是不是明星了？刚才那个是不是狗仔队呀？”

伊蓝哭笑不得地回头，看着他说：“别乱讲话，听到没有？这事不能让章阿姨知道，她会不开心的。”

“哦。”童小乐说。

他真的长得很高了，伊蓝跟他说话，要费劲地抬起头。

“小三儿，我马上就要去北京了。”童小乐说，“你有没有空呢？我陪你回一趟青木河，那里已经变了好多，我怕你回去都不认得路了。”

“她要做手术，我哪儿也去不了。”伊蓝低头说。

“那好吧。”童小乐温和地说，“你什么时候想回去，我都陪你。”

过道那边，林点儿远远地朝伊蓝招手。伊蓝吩咐童小乐：“你先回病房，我去去就来。”

伊蓝走近了，导演就站在林点儿的身后，对她说：“你别跑来跑去的，要去跟你妈妈讲话，讲得越感人越好。要抓紧时间，我们带子不长，录录就会没有了。”

“今天不行，”伊蓝说，“来了客人。”

“伊蓝姐你要配合呀，咱就靠这个捐款了。”林点儿着急地说，“不配合怎么能完成任务呢？”

导演严肃地看着伊蓝。

“我尽量吧。”伊蓝无可奈何地说。

“你一定行的！”林点儿朝她做了一个加油的手势。

“刚才来的那两个是你老乡吧？”导演说，“我们想采访一下，顺便了解一下你的童年生活。”

“一定要吗？”伊蓝面露难色。

“一定要。”导演肯定地说，“如果他们不来，我们也会去一趟你的家乡。他们来了正好，我们也省一点儿事。”

“我不知道他们肯不肯。”伊蓝说。

“这个你放心，我会派人去跟他们说的。”

果然，等伊蓝回到病房后不久，童小乐和他的妈妈就先后出了病房。秦老师看着伊蓝，用眼神示意她出去，伊蓝心领神会地走出了病房。秦老师没过一会儿就跟了出来，对伊蓝说：“你还是让电视台快把那黑包拿走吧，我看她都有些怀疑了。”

“好。”伊蓝说，“我这就去找林点儿。”

“要不就索性告诉她，我想她也会接受的。”

“我了解她，从领养我的第一天起，她就不希望这件事宣扬出去，她的脾气跟别人不一样。我不能够冒这个险。”

“唉！”秦老师叹口气说，“媒体的力量确实不能忽视，要不是晚报报道了一下，我们的首付款也不可能这么快就凑齐。天下还是好人多呀！现在也顾不了这么多了，咱们走一步算一步吧。”

那晚，伊蓝在医院陪护，安排童小乐他们住到自己家里去。秦老师说：“要不还是我来陪床吧，你和小乐好多年不见，可以好好聊聊。”

“别。”伊蓝说，“你都辛苦好几天了，怎么好意思。明早还要麻烦你煨稀饭，记得煨的时间要长一些。”

“我陪小三儿吧。”童小乐说，“我晚些回去睡，不困的。”

“晚了医院就不让待了。”伊蓝说，“你跟他们一块儿回去，不然不认得路。”

“我明天一早就要回青木河。”童小乐有些依依不舍。

“伊蓝，你先跟她们回去一趟，把他们安排好再回医院。”章阿姨发话，并唤伊蓝到床边，在她耳边说，“家里大橱里有床新的被子，你记得给小乐，算是礼物。”

“哦，”伊蓝点头说，“我知道了。”

电视台的人终于决定走了，临走的时候和伊蓝约好明天去拍她给学生上课的镜头和她练舞的镜头。童小乐对伊蓝说：“我不喜欢他们问我的问题，太无聊，所以好多我都没有回答。”

秦老师连忙说：“是省电视台，上星的节目。要不是林点儿爸爸帮忙，人家才不肯来拍呢。我看他们还是挺敬业的，今天跟了一天了，也不容易。”

“干哪一行都不容易。”童小乐妈妈说，“能帮上小三儿，咱们就要支持。”

童小乐一晃一晃地走在前面，高高的个子，挡住了斜斜射过来的阳光。小乐妈妈嗔怪地说：“瞧，读书把背都读驼了，说他无数次，走路也不记得直起腰来！”

“别担心，不影响，还是帅小伙！”秦老师说。

童小乐听到后面说他，转过身来微笑，那微笑充满了阳光，令伊蓝怦然心动的同时却也自惭形秽。她知道，自己是无论如何也不可能拥有这样的微笑的。

她和童小乐，如幼年时从孩子的手里弹出的两个彩色的玻璃球，虽然曾经待在同一个温暖的掌心，却注定了要走两条不一样的路，且永远不可能殊途同归。

掌心的温度

下午四点。

在单立伟家的花园前，一只金黄色的蝴蝶在上下飞舞，丁丁和伊蓝一前一后在追逐。丁丁咯咯笑着，高声喊道："伊蓝姐姐，你追不上我，你追不上我！"伊蓝却一把抓住了他的小胳膊，丁丁笑倒在伊蓝的怀里。

电视台的车在单立伟的家门口停了下来，摄影师跳下车来，及时地捕捉到了这一幕，而伊蓝的笑容却在回首的瞬间凝固了。

"继续！"导演喊道，"像刚才那样，挺好。"

"丁丁累了。"伊蓝抱着丁丁说，"他要学琴了。"

"他们是谁？"丁丁好奇地问。

"是电视台的叔叔阿姨。"伊蓝哄他说，"你好好弹琴，他们会拍你的哦。"

"好啊。"丁丁高兴地朝着屋内奔去，一面跑一面回头问伊蓝，"姐姐，我们今天弹什么呢？"

“上次教你的《月光曲》还记得吗？”

“一点点啦。”丁丁不好意思地挠挠头。

伊蓝用手指点点他的额头，以示责备。

两人在钢琴前坐下，美妙的音符从伊蓝修长的指尖叮咚地流出。丁丁靠着伊蓝，眼神专注，用心聆听。单立伟进了家门，看到电视台的记者们，愣了一下。导演把手指竖起来，示意他不要出声。

单立伟微笑着上了楼。一直到拍完，他才下来，问丁丁：“怎么样，今天跟伊蓝姐姐学会了些什么？”

“我要上电视啦。”丁丁兴奋地说，“电视台的阿姨说他们拍的将会播出来。”

“单先生，真是打扰了。”伊蓝不好意思地说，“谢谢你。”

“不必客气。”单立伟说，“祝你在省里的比赛中还能拿到第一名。是不是快要比赛了呢？”

“还有一星期。”伊蓝说，“对了，她明天做手术。”

“代我问候章老师。”单立伟客气地说，“祝她早日康复。”

“单先生！”导演在那边喊，“您这里环境不错，我们想借您家的院子对伊蓝进行一个访谈。您看可以吗？”

“呵，”他微笑着说，“请随意。”并马上回头吩咐罗姐搬椅子。

“真是打扰了。”伊蓝不好意思地说。

“哪里的话，是我的荣幸。”单立伟笑着说。

导演唤伊蓝出去，让她和主持人一起坐在院子里。丁丁一直想要坐到伊蓝的身边去，单立伟好不容易才把他按住，最终罗姐用恐龙模型成功地把他哄走。单立伟抱歉地说：“你们开始吧，我在楼上，有事随时吩咐。”

“都要问些什么？”伊蓝坐定，担心地问主持人。

主持人很漂亮，她甜甜地笑着对伊蓝说：“你不用担心，我问什么你答什么，就像聊天一样，好吗？”

“准备开始！”导演说，“现在光线正好，天黑了就不好拍了。”

主持人到底是专业的，只见她坐直身子，很快就进入了状态：“观众朋友大家好，欢迎继续收看我们的节目。在今天的节目里，我们为大家介绍的是十七岁的女孩伊蓝。相信通过刚才的短片，大家已经对伊蓝的情况有了一定的了解。她美丽善良，弹得一手好钢琴不说，舞也跳得十分棒。可就是这样一个女孩子，却有着坎坷的人生。她从小失去双亲，在孤儿院里长大。九岁的时候被一位姓章的阿姨领养，母女俩相依为命，没想到章阿姨不幸患上了癌症。可贵的是，面对命运的坎坷和曲折，伊蓝从不屈服，表现得坚强、勇敢，令人钦佩。现在，伊蓝就坐在我的身边，让我们通过对她的访谈来进一步认识一下这个特殊的少女。伊蓝，你好。跟大家问个好，好吗？”

“大家好。”伊蓝面对镜头生硬地说。

“停。”导演喊，“伊蓝，你状态不对，要自然些，重来。”

一个“大家好”，伊蓝说了五遍，总算是过关了。

主持人冲伊蓝笑笑说：“伊蓝，我想电视机前有很多观众想了解你此时此刻的心情。你能不能告诉我们，你现在最大的愿望是什么呢？”

伊蓝心里想，废话，嘴上还是老实地回答：“我希望她的病能早点好起来。”

“停！”导演又喊，“怎么回事，不要说‘她’，要说妈妈。”

“我希望我妈妈的病早点好起来。”伊蓝说。

“对你来说，家意味着什么？”

伊蓝竟一时不知道该如何回答。

主持人提醒她说：“你八岁的时候就失去了双亲，在孤儿院度过了近一年的时光，好不容易有家了，却又面临失去亲人的危险，你怕不怕？”

“怕。”伊蓝说。

“怕什么？”主持人咄咄逼人道。伊蓝觉得自己快要喘不过气。所有的人都看着伊蓝，也许是希望她掉下点眼泪才好。

“怕失去家。没有家是可怕的。”伊蓝强忍住眼泪说。

主持人总算满意了一些，于是继续问：“据我们了解，章老师领养你的时候，你不到九岁。在这八年的时光里，你们母女俩之间最让你难忘的事情是什么？能不能跟观众讲一讲？”

“挑最感人的讲。”导演在旁边小声提醒。

“她陪我练琴，练舞，希望我成才。”伊蓝说，“她付出了很多。”

“干巴巴的，讲实例。”导演皱着眉头，显然不满意。

伊蓝觉得自己真的要撑不下去了，但唯一的选择还是只能绞尽脑汁结结巴巴地讲下去：“有一次，我病了，发高烧，县医院很远，又打不到车，她一路背着我跑到医院。医生说，要是再晚一会儿，我就会有生命危险。”

“你是否感觉你们的生命已经融合到了一起，再也无法分开？”

“是的。”伊蓝说。

“你有没有想过，万一，我是说万一，妈妈有什么事，你该怎么办？”

“她不会有事的。”伊蓝说。

“对啊！”主持人虽久经沙场，但也被伊蓝的回答弄得尴尬，连忙圆场说，“我们也相信吉人自有天相，像伊蓝妈妈这样善良的人，一定会渡过这个难关。同时，我们也深切希望社会上同样善良的人可以伸出手来，帮帮这对可怜的母女，让爱心延续下去。”

伊蓝长呼一口气，本以为这样就结束了，谁知道导演却摆摆手说：“不行，要重来。再往深里问，童年时的苦难，对家的渴望，还没有到一定深度，要让观众入戏，产生强烈的同情心，不够煽情怎么行！”

“那——”主持人看着伊蓝说，“咱们再来一次，说到动情处，不要怕哭，想哭就哭，好吗？”

伊蓝腾地站起身来说：“对不起，我不舒服，不想录了。”

“你想想清楚。”导演的语气里已经含有威胁的成分，“我们这么多人从省里赶来，忙前忙后这么多天，到底是为了什么？”

伊蓝僵在那里。

“好啦，乖，很快就录完。”主持人站起身来，拍拍她的背哄她说，“想一想，妈妈还躺在医院里，需要你的救助，需要整个社会的救助。你不可以任性的。”

主持人的话让伊蓝感到绝望，她无助地再次坐了下来。

“放轻松。”导演的口气也缓和下来，“从问到对家的感觉那里开始，注意一定要煽情，我们再来一次！”

主持人再次面对伊蓝。“你八岁的时候就失去了双亲，在孤儿院度过了近一年的时光，好不容易有家了，却又面临失去亲人的危险。能不能告诉我们，家对你来说，究竟意味着什么？”

“不再漂泊。”伊蓝说完，泪水已经不可控制地从脸上滑落。她也不知道自己为什么这么难过，但是真的是太难过了，像一座大山堵在了心门，不哭不行了。

就这样，伊蓝几乎是流着泪接受完了整场采访。直到太阳落山了，只剩下一抹余晖，电视台的人才满意地撤了。上车前，导演对伊蓝说：“播出前会通知你。放心吧，所有问题都会解决的。”

“嗯。”本来应该说声谢谢，但伊蓝却说不出口。

“搭我们的车，送你到市区？”

“不用了。”伊蓝说，“我想自己走走。”

看着电视台的车子开走，伊蓝也打算离开。身后忽然响起单立伟的声音：“吃了晚饭再走吧，我送你回医院。”

“不用。”伊蓝背对着他说。

“怎么了？”单立伟问，“你没事吧？”

“我说不用！”伊蓝回身大喊，眼泪再次爬满了脸颊。她伸出衣袖去擦，却怎么擦也擦不干，泪水汹涌而下，如潮水泛滥。

单立伟显然吃了一惊，他拖了伊蓝一把，故作轻松地说：“要做明星了，哭什么哭呢？走，有什么事到屋里说去。”

伊蓝挣脱他，独自往外走。

这是一条漫长的路，仿佛怎么走也走不到尽头。天色渐渐地暗了下来，伊蓝低着头，脚步匆促，除了走，没有别的选择。等她停下来的时候，发现自己到了一个完全陌生的地方。这是一个她从来都没有来过的地方，四周没有熟悉的景物，她已经完全迷失方向。

她慌里慌张地回头，却看到了一辆熟悉的车。

他从车上下来，微笑着对她说："你终于肯停下来了，累不累？"

伊蓝震惊，原来他一直跟着她。

单立伟问："他们伤害你了，是不是？"

伊蓝惊讶地抬头。

"我是指电视台那帮人。"单立伟直截了当地说，"是他们让你不开心了？要是不开心，就不要再拍了。"

"有用吗？"伊蓝悲痛地说，"我只是木偶，线在别人手里，我做得了主吗？"

单立伟冷静地答道："但事实上，谁也不能替谁做主。"

伊蓝震惊。

单立伟朝她点点头说："走吧，有什么事，我们先回去再说。有的事情不高兴做的话，就不去做好了。"

"我要救她！"伊蓝忍不住大声喊，"她躺在医院里，我必须要救她！为了这个，我顾不了别的。我的过去，我的隐私，我的自尊，统统都一钱不值，你知不知道？"

单立伟上前一步，轻轻握住了伊蓝激动挥舞着的左手说："别激动，伊蓝，会过去的，我向你保证，好不好？"

掌心传来的温度让伊蓝眩晕，她瞪大了眼，最终无助地扑入单立伟的怀里失声痛哭起来。

老鼠爱大米

“如果，我是说如果，如果手术失败，小秦，你替我照顾伊蓝。她现在大了，好多事情都可以自己做，不是太麻烦的。不管怎么样，都要让她好好读书……”

“好啦！”秦老师打断章阿姨的话，笑着说，“什么都可以替代，妈妈却是谁也替代不了的。伊蓝，你说是不是？”

“手术不会失败的。”伊蓝说。

清晨九点钟，她被推进了手术室。手术进行了很长时间。伊蓝一直坐在手术室的门口，坐得直直的，一动不动。

秦老师给她端来一杯水，她摇摇头。

“会成功的。”秦老师劝伊蓝说，“吉人自有天相。”

伊蓝努力笑笑说：“我知道。”

秦老师在她身边坐下，说：“有一件事，我一直想要跟你说。”

“嗯？”伊蓝转头看她。

“你还记得小时候，你和叶眉拍的那部电影吗？当时，那部电影并没有引起预期的轰动，有点让人失望。可是就在前不久，当年在片子里扮演你爸爸的演员程凡又来我们青木河拍电影，说是十年快过去了，想见见你。我打过电话到你家，结果你妈妈不同意你们见面。”

“呵！”伊蓝说，“她是这样的。”

“你是不是认为她很自私？”秦老师问道。

伊蓝不答。

“她是怕失去你。”秦老师对伊蓝说，“这话是她亲口对我说的。”

伊蓝听了，把手握成拳头，抵住鼻子，眼眶不自觉地红了。

“我告诉你这些，不是因为别的。”秦老师说，“我是觉得你知道也好，不知道也好，都不重要。因为老师看得出来，你是爱她的，你一样离不开她，对不对？她的担心，真是多余，对不对？”

手术室的门就在这时候被推开了。

她被推出来，伊蓝和秦老师都充满期待地看着医生。医生冲她们点了点头。

伊蓝悬了一个月的心终于在那一刻落地。她伸出胳膊，紧紧地抱住了秦老师。

病房里，百合开得灿烂。每天一束新鲜的花，是单立伟送来的。知道她今大做手术，还特意写了卡片。卡片上的字很简单：早日康复。

她醒来，第一个动作是下意识地去摸胸口。秦老师把她的手一拦说：“好好休息，很快就可以康复了。”

她的表情有些奇怪，看不出是高兴还是悲伤。

“妈妈。”伊蓝俯身喊她。

她眼里闪过一丝喜悦，看着伊蓝问：“几点了？”

“快七点了。”伊蓝说，“你想吃点什么？”

她伸出手摸着伊蓝的脸说：“你瘦了。”

“你不是总说我不能太胖吗？瘦了正好。”伊蓝笑笑。

“这里有我呢。”秦老师说，“我会照顾你妈妈的。伊蓝，我命令你现在回家洗个澡，休息一下！”

“去吧！”她也挥手说，“听老师的话！”

“好啊。”伊蓝对秦老师说，“我很快就会回来换你。”

医院门口，昏黄的路灯下，伊蓝拎着饭盒出来，忽然看到他，吓得不自觉地往后退了两步。

“伊蓝。”他喊她。

伊蓝只觉得是梦，有些摇晃，好半天才喊出声：“卜，卜老师。”

“别叫我老师。”他上前一步说，“我是来恭喜你的，我看电视了。你果真拿了第一。对了，我的花收到了吗？”

“收到了，谢谢。”伊蓝说。

卜果说：“那天，在上岛咖啡店里，我等到四点钟。”

“对不起。”伊蓝有些艰难地说，“我妈妈住院了。”

“我看过报纸，也听萌萌说过了。”他一把抓住伊蓝的手腕说，“跟我走……”

“卜老师……”

“别叫我老师！”他有些愤怒地重复，“你别叫我老师！”

他一直牵着伊蓝往前走，伊蓝拎着饭盒跌跌撞撞地跟着他。然后，他把伊蓝塞进了一辆出租车，到了一个大学生俱乐部。

看得出，那里的人都和他很熟，台上，一个女大学生正在自弹自唱一首非常好听的歌：

我听见你的声音，有种特别的感觉，让我不断想，不敢再忘记你。

我记得有一个人，永远留在我心中，哪怕只能够这样地想你。

如果真的有一天，爱情理想会实现，我会加倍努力好好对你，永远不改变。

不管路有多么远，一定会让它实现，我会轻轻在你耳边对你说，对你说……

我爱你，爱着你，就像老鼠爱大米，不管有多少风雨，我都会依然陪着你。

我想你，想着你，不管有多么地苦，只要能让你开心，我什么都愿意，这样爱你。

“好听吗？”他递给她一杯果汁说，“这首歌现在在网络上可流行了，歌名很有意思，叫《老鼠爱大米》。”

是很好听，伊蓝心想。

她用力咬住自己的下唇，疼痛提醒她这一切真的不是梦境。

“你应该放轻松些，像萌萌她们那样。”卜果说，“听歌对你有好处。”

“卜老师，”伊蓝放下果汁说，“我得走了！”

“我说过不许再叫我老师！”卜果把手里的啤酒杯重重地放下。

伊蓝站起身来往外走。

卜果在俱乐部外面追上她，一把抓住她的胳膊，哑着嗓子问她：“为什么，为什么你跟她们都不一样？”

伊蓝不明白他在说什么。

“你让我着迷。”他说，“你要负责！”

“你放手，我得回医院了。”伊蓝试图挣脱他。

“不。”卜果说，“在我没得到答案前，我绝不会放手。”

伊蓝抬起头来，倔强地看着他。

“告诉我，”卜果轻声问，“你是不是对我有不一样的感觉？”

在卜果胸有成竹的质问里，伊蓝感觉自己整个人如同从高空坠落一般，完全失重，没有方向。好半天，她终于奋力挣脱卜果，不顾一切地朝着前方跑去。

卜果没有追上去。

歌厅里，那个清纯的女声远远地追过来：“我爱你，爱着你，就像老鼠爱大米，不管有多少风雨，我都会依然陪着你。我想你，想着你，不管有多么地苦，只要能让你开心，我什么都愿意，这样爱你……”

爱情，在十七岁，只是一个令人徒然疼痛的遥不可及的字眼。

伊蓝心里比谁都清楚，卜果有一点说得没错，她和萌萌她们是不一样的。她无权拥有这一切，除了放手，别无选择。

想着萌萌，就看到了萌萌。萌萌穿了条很漂亮的新裙子，站在病房的门口等伊蓝，有些抱怨地说："去哪里了？让我好等。"

伊蓝惊魂未定。

"你怎么了？"萌萌摸摸她的额头说，"丢了魂似的！"

"可能这些天太累了。"伊蓝闪烁其词。

"我想找你聊聊。"萌萌说，"伊蓝，我真是郁闷到家了。"

"你等等我。"伊蓝说完，转身进了病房。

章阿姨和秦老师见伊蓝进来，都惊讶地问："你不是回家洗澡换衣服了吗，怎么还是老样子？"

"哦哦，"伊蓝连忙指指床头上的包说，"我把钥匙忘在包里了。"

"丢三落四！"秦老师替她把包递过来，"萌萌等你半天了。"

"我去去就回。"伊蓝说。

伊蓝深呼一口气出来，看见萌萌，蹲在病房外，双手抱着双膝。

"嗨！"伊蓝说，"干吗呢？"

萌萌不动。

伊蓝蹲下身观察，原来她正在哭，全身在抖动，满脸都是泪水。

"这里是医院，可千万别在这里丢人现眼。"伊蓝低声吩咐她说，"走，有什么事我们到那边说去。"

穿过开水房，再转过楼层顶端的卫生间，有一个小小的露台。

这是伊蓝无意中发现的地方，有时候夜里，在病房里觉得闷的伊蓝会到这里来透透气，看看天。

伊蓝把萌萌一直拖到这里，方才松了一口气，说："说吧，有什么事？"

萌萌一把抱住她，说："伊蓝，救救我。"

"小姐！"伊蓝气不打一处来，"怎么，你觉得我还不够烦吗？"

"对不起。"萌萌抽泣着说，"可是我除了找你，不知道还可以找谁。"

"到底怎么了？"伊蓝真是一个头两个大。

萌萌终于吐出实情："我恋爱了。"

伊蓝的心一下子松懈下来，一把推开萌萌说："我还以为是天大的事！你知不知道这些天我都快被坏消息弄疯了，你还忍心这样子来折磨我？"

"我恋爱了。"萌萌嘟着嘴，眼泪汪汪地说，"可是我爱的人并不爱我！"

"你不是还情窦未开吗？"伊蓝强打起精神打趣。

"说开就开了嘛。"萌萌又贴到伊蓝身边问，"怎么办啊？我郁闷得头发都快掉光了。"她一面说一面揪着自己的头发给伊蓝看，好像真的已经变成了光头一样。

"我不知道。"伊蓝说。

"我多想变成你。"萌萌说，"你对人永远不慌不乱，仿佛不会有任何人让你动心。"

萌萌这么一说，伊蓝的心却是不听话地慌乱起来，被人抓过的手腕处传来一阵夹杂着甜蜜的刺痛，脑子里回响的是他刚刚说过的话："告诉我，你是不是对我有不一样的感觉？"

告诉我告诉我告诉我。

伊蓝真想把耳朵捂起来。

萌萌不高兴地说："你不关心我。"

伊蓝生气地看她。

"你不关心我。"萌萌说，"你都不问那个人是谁。"

"小姐，请问，那个人是谁呀？"

萌萌看着伊蓝，好半天，吐出两个字："卜果。"

伊蓝只感觉自己要昏过去。萌萌继续说："我已经身不由己地爱上他，就像歌里唱到的，老鼠爱大米。可是他是有女朋友的，而且，他做过我的老师。伊蓝，你快告诉我，我该怎么办？"

伊蓝看着萌萌问："你会唱那首歌吗？"

"什么？"

"那首《老鼠爱大米》。"

萌萌点点头，说："是他介绍给我听的。"

"忘掉他。"伊蓝说。

"我怕我不行。"

"不行也得行，否则，你一切都是自作自受，不会有任何人同情你！"伊蓝说完，转身走掉，留下一脸茫然的萌萌呆呆地站在原地。

结束不是我想要的结果

伊蓝跳下公交车，在黑夜里飞奔，到达单立伟家的时候，已经快九点钟了，不知道丁丁睡觉了没有。伊蓝将手放在门铃上，正思索着要不要往下按的时候，门忽然一下子开了。

开门的人是单立伟，见到伊蓝，吃惊地问:“什么时候来的?”

伊蓝看着他，问:“为什么不告诉我一声?”

“呵呵。”他笑，“我正好要出去散步，要不，一起走走? 这里的夜色不错，跟乡下差不多。”

“嗯。”伊蓝说。

出了门，单立伟在院子里的桂花树下站定，对伊蓝说:“这树是我亲手栽的。八月桂花香，你好好闻一闻。”

“我该怎么谢你?”伊蓝问。

“别那么说，快乐就好了。”单立伟说。

“要不我写张欠条给你!”伊蓝拿下背包，从包里急急地往外掏纸和笔。

“骂我呢？”他转头看着伊蓝微笑。院子里的灯光并不是太亮，但那笑容让伊蓝觉得莫名地安全和温暖。

“可是，这么大一笔钱……”

“别说了。”单立伟往前走，“是我自愿的。”

伊蓝在后面默默地跟着他。小区里有条小路，应该是专供人散步用的。路不宽，四周都是鲜花，在夜色里散发着诱人的芬芳。单立伟说得对，这里有乡下的味道，有青木河的味道，有童年的味道。

“单先生，”伊蓝跟在后面，咬着下唇说，“我心里很不安。”

“我也是孤儿。”单立伟站定了，回头对伊蓝说，“七岁那年，我在一次车祸中失去了双亲。”

伊蓝吃惊地看着他。

单立伟招招手示意伊蓝跟上，伊蓝走到他旁边去，听他继续说：“我在报纸上看到关于你的报道，你和你妈妈都让我钦佩。我只是做一点儿力所能及的事情，你完全不必放在心上。这事，以后也不必再提起，好吗？”

伊蓝知道他说的报道是什么，那是伊蓝上次拿一等奖后一个记者写下的，记者也是林点儿找来的。正是这篇报道，帮她们凑足了做手术需要的第一笔费用。而今天，伊蓝被告知，所有拖欠的费用都被一个不愿留名的先生付清了，而且，以后所需的费用，他都会按期来结账。

伊蓝知道，除了单立伟，不会有别人。

“报纸上的都是怎么好听怎么讲，”伊蓝说，“你可千万别信，电视上的更不能信。”

“呵呵。”单立伟说，“到了我这个年纪，我只信我的眼睛。”

“我会尽快把钱还给你。”伊蓝说，“我很快会去省里比赛，如果再拿第一，可以有三万块钱的奖金。”

“你妈妈要是不喜欢你去，我看你还是别去了。”单立伟说，“钱并不是问题。”

“可是对我而言，在没有还清所有的债务前，钱会一直是个问题。”伊蓝答。

“是否现在的小姑娘们都这么伶牙俐齿？”他笑着问。

伊蓝也笑，说：“不知道。”

“就这样微笑。”他在路灯下看着伊蓝说，“不管环境怎么样，我们都不能输给别人。微笑是最重要的，你记住了。”

“嗯。”伊蓝说。

“你这么晚跑过来，就是为了跟我说这个？”单立伟问她。

“是。”伊蓝说，“我必须来跟你说声谢谢，电话里说不清楚，一定要当面说才行。”

“呵呵。”单立伟笑，“还有件事我想跟你商量一下。反正现在钱的问题已经解决了，关于电视台的那个片子，我想，如果你不愿意播，可以去撤回来。”

“可以吗？”伊蓝说，“他们会同意吗？”

“这是你的权利。”单立伟说，“我在省电视台有朋友。如果需要，我可以替你出面的。”

“单先生，”伊蓝急切地说，“那就拜托你了！我真怕我妈妈看到这片子，她会生气的。”

“好。”单立伟说，“我帮你办。”

“谢谢你。”伊蓝开心地笑了。

单立伟也笑，说：“那就陪我散散步吧，我这老头子每晚都自己散步，孤独得很啊！”

“单先生，其实你一点儿也不老。”伊蓝说。

“真的？”他笑。

“真的。”伊蓝说，“我感觉你不过三十岁而已。”

千穿万穿，马屁不穿。单立伟哈哈大笑。在伊蓝的心目中，单立伟一直是儒雅的，他的笑让伊蓝觉得他更加年轻、亲切，而且充满了活力。

两天后，林点儿的电话来了。她在电话那边急得像火烧了眉毛似的。“姐姐呀，你到底是怎么回事呀，怎么不让播片子了？什么都制作好了，这个玩笑不能开呀！”

“对不起。”伊蓝说，“真的很对不起。医药费的问题暂时解决了，我不想再欠别人什么了，所以……”

“就算是这样，你还想不想在省里的比赛拿第一呀？不炒作可不行呀！”

“我会凭实力的。”伊蓝说，“我不会让你失望的。”

“我已经失望了。”林点儿赌气似的说，“我被我爸爸骂惨了。”

“对不起。”伊蓝还是这句话。

林点儿气得摔了电话。

“谁呀？”章阿姨问。

她的身体已渐渐康复，医生说过几天就可以出院。心情好的时候，她开始看报纸。每张报纸，伊蓝在买来前都会细细地先翻一遍，生怕上面会出现关于自己的什么消息。去省里比赛的事倒是告诉她了，秦老师说不要瞒，还是说实话的好。也许是秦老师做了她思想工作的缘故，她并没有表示反对。

比赛前三天就要去省电视台报到，有集训。临行前秦老师帮伊蓝收拾行装，语重心长地对她说："不管拿不拿得到名次，这次以后就不能再参加这些活动了。还有关键的一年，你妈妈最希望的就是你考个好大学，你一定要让她如愿。"

"我知道。"伊蓝说。

"作为一个女人，她有好多没得到的幸福。"秦老师说，"这次手术对她是个很大的打击，如果她脾气不好，你要体谅，不要跟她赌气，知道不？"

"我知道。"伊蓝说。

"小三儿一向懂事。"秦老师说，"是我多嘴了。"

"秦老师，"伊蓝在后面抱住她说，"我都不知道该怎么谢你。除了你，再也没有第二个人这样帮我。"

"单先生不也帮了大忙吗？这个世界还是好人多。"

"说得也对。"伊蓝说，"不过钱我一定会还他的，不管还到什么时候。"

秦老师回身点她脑门儿一下，说："你就是倔！"

伊蓝笑，电话就在这时候响了。这么晚了，不知道会是谁的电话。伊蓝跑过去接起来，那边有人唤她的名字："伊蓝。"

伊蓝的心被高高地拎起来。

“我在你家楼下。”他说，“我想上去。”

“不要！”伊蓝连忙喊。

“怎么了？”秦老师问。

“没，没什么！”伊蓝对秦老师说，“我同学来了，我去楼下，马上就上来。”说完，她挂掉电话就朝楼下跑去。真的是他，真的站在她家楼下。他还是那么帅气，迷人的微笑和超好看的鼻子，就是显得有些疲惫。

“你怎么来了？”伊蓝吃惊地问他。

“想你了。”他说。

“你怎么找到这里的？”

“萌萌告诉我的。”他走上前，一把握住伊蓝的手说，“我没法控制自己，真是抱歉。”

伊蓝看着他，说不出话来。

他再走近些，一把揽过伊蓝，让她的头抵到他的胸前，说：“别委屈自己，你让我心疼，知道吗？”

伊蓝试图推开他，但是全身失去力气。他怀抱的温暖令她沉沦，感觉整个的自己正在慢慢地化成水汽，腾空消失，不知去向。

“我该拿你怎么办？”他在她耳边叹息。

伊蓝紧紧抓住他的衣袖，抬起头来，就在她要对自己的内心投降的时候，她忽然看到了萌萌，就在楼梯的那一边，穿小红裙子的萌萌，正用充满愤恨的眼光看着自己，还有卜果。

伊蓝吓得一把推开了卜果。

"怎么了？"卜果顺着她的目光往后看，萌萌已经不见了。

"伊蓝！"卜果又要去拉她，伊蓝疾步后退，然后，用一种尽量镇定的口气说："卜老师，请别这样。"

她又喊他卜老师！卜果有些气急败坏地看着她，英俊的脸因为恼怒而变得扭曲。

"卜老师，我要上去了，家里还有客人。"伊蓝说，"如果没有什么事，以后请不要来找我。我妈妈病刚好，她不喜欢我这样。"

"伊蓝！"卜果喊住她说，"你可想清楚了？"

伊蓝不答，犹豫了两秒后，转身噔噔噔地上了楼。

秦老师正在埋头收拾房间，见伊蓝进来，问道："谁来了？怎么不叫上楼来呢？"

"没事了。"伊蓝的心怦怦跳着。

"是男同学吧？"秦老师盯着伊蓝的脸问，"是不是不好意思讲呀？"

"秦老师你说什么呀！"伊蓝急得跺脚。

秦老师却笑笑说："你长得这么漂亮，没有男生追，我可是不相信哦。不过我对小三儿放心，我知道你不会乱来的。"

"都没有的事。"伊蓝搪塞道，"我要赶快去把我的房间收拾一下，不然她回来会把我给骂死的。"

小房间真的好多天都没有收拾了。新学期就要开始了，一个暑假因为章阿姨的病，有好多事都耽误了下来。伊蓝强迫自己做事，想把刚才那一幕忘掉，但越是这样，越是反复回味。他说："我想你了。"说完，他抱住了她。这应该是伊蓝期盼已久的温暖，一个可以依赖的怀抱，让她的痛苦灰飞烟灭。可是真正到来的时候，味道却完全变了。伊蓝把头抵在小书桌上，疼痛提醒她忘掉这一切。

不能。

不可以。

伊蓝费力地把所有的试卷一起扫到地上，一本书从中掉落，那是萌萌借给她的《忽尔今夏》。夏天都快过去了，伊蓝却一直都没有看完它。

想起萌萌，伊蓝站起身来，往萌萌家拨电话。电话是萌萌妈妈接的，说她还没回家。

“如果她回家，请她给我打个电话。”伊蓝说。

“是伊蓝吧？”萌萌妈妈说，“她好像跟我说去你家了呢！”

“哎。”

伊蓝挂了电话，坐在地板上看着书发呆。

伊蓝并不担心萌萌，萌萌的烦恼都不是真正的烦恼。她会很快忘掉这一切，很快找到许多可以哈哈大笑的理由。人和人，生下来就是不一样的。

一样的，只有这年复一年的春夏秋冬。

忽尔今夏。

这个夏天，是真的快要过去了。

高处

汽车到达省城的时候，是夜里十点。

整个城市灯火辉煌，还远远没有要睡去的意思。伊蓝将头伸到车窗外，被吴姐一把拉回来说："今晚风大，小心感冒！"

吴姐是电视台的工作人员，此行，由她负责陪伴伊蓝，并照顾她一路的饮食起居。同行的还有另外好几个人，他们对此行非常重视，一副不拿第一不罢休的模样。伊蓝他们在宾馆住下，听说十二个参赛选手都住在这里。吴姐第N次吩咐伊蓝比赛前不要对记者乱讲话，并说会替她发言。造型师在房间里将伊蓝的衣服理了又理，又说少了什么东西，明天一定要记得去买回来，如临大敌的样子。

吴姐对伊蓝说，他们市在这种类型的比赛中从来都是弱者，老是输给别人，这次有了伊蓝，有机会出口恶气了，所以从上到下都挺重视的。

伊蓝坐在床上，抱着枕头有些心虚地讲："你这么一说我感觉压力挺大的呢，要是……”

“没有要是！”吴姐打断她的话说，“我们必拿第一！”

第二天，伊蓝见到了别的选手，大家在一起开会，抽签。伊蓝运气不算好，抽到了四号，有点靠前。吴姐慌慌的样子，责备她不应该那么快抽，要是等别的选手下手后再下手，说不定就会抽到十号了。吴姐昨天做梦都是十号，她一直认为十号是最上上的选号，谁抽到十号得第一的可能性就高出百分之五来。

“我会尽力的。”反而是伊蓝倒过来安慰她。

然后就是排练，各种各样的老师来讲课，连着三天连轴转，到了晚上，伊蓝一倒在床上就能睡着。到了比赛的那天黄昏，伊蓝正在彩排现场吃盒饭，有人把头伸进来喊她：“有朋友找你。”

“谁？”伊蓝吃惊，她在省城可没有朋友。

“一个中年男人，姓单。”

“哎！”伊蓝赶紧丢掉饭盒跑出去，真的是他，站在过道那边，朝她微笑。阳光从窗户那边射过来，正好照着他挺拔的身影。伊蓝第一次发现，他个子很高。

“你怎么来了？”伊蓝跑到他面前问。

“刚好到这边出差。”他说，“你妈妈和秦老师不放心，让我来看看你。”

“我晚上要比赛啦。”伊蓝说。

“我知道。”他说，“现场直播嘛。”

“你来吗？”伊蓝期待地问，“现场可以有位子的，八点开始。”

“呵呵。”他笑，“我这个年纪，还是看电视比较好。”然后，他掏出手机递给伊蓝说:“来，给你妈妈打个电话，她今天出院了，你该恭喜一下！”

伊蓝接过手机，在他的注视下拨通了家里的电话。电话是秦老师接的，不过很快就转到了章阿姨的手里。伊蓝对着电话低声说:“我很好，不用担心。”

“既然去参加比赛了，就拿个第一回来。”她说，“我们会在家看电视的。现在不止我们几个人关注你，社会各界都在关注你。”

“知道了。”伊蓝说。

“不是知道了不知道了的问题，我得个病，你把事情弄得这么大，我回来再跟你慢慢说。我死了不要紧，你还要活很多年，背着这些负担，我看你怎么办！”

伊蓝耐心地听她数落。

“你大了，我也管不住你了，你想做什么就做什么，我也不想说你……”她的声音越来越大，情绪越来越激动。伊蓝把听筒拿得远些，发现单立伟正看着他，脸忽然变得通红。

好在秦老师一把将电话扯了过去，说:“伊蓝啊，晚上就要比赛啦，我们不占用你的时间了。好好表现呀，我们都看着呢。”

电话断掉了。

挂掉电话后，伊蓝把手机还给单立伟，趴到窗口，用力呼吸。

“比赛完了我来接你。”单立伟说，“我有车，可以马上送你回家。这也是你妈妈的意思，你看呢？”

“为什么她总是不信任我？”伊蓝回头问。

单立伟也许没想到伊蓝会这么问他，愣了一下，才微笑着说:

“别想这么多了，比赛前，要轻装上阵。”

“我们回去吧。”伊蓝说，“我不想参赛了。”

“那怎么行？”单立伟拦住她说，“别这么任性，这可不是你一个人说了算的事。有多少人看着这场比赛呀，想想那些帮助过你们的人，你也不应该这样。”

伊蓝沉默。

“去，听话。完事了我来接你。”单立伟朝她挥挥手。

伊蓝终于镇定下来，也朝单立伟挥挥手，朝着演播室那边走去。吴姐端着盒饭站在门口，看着伊蓝走近了，对她说：“那不是单立伟吗？你们认识？”

“你知道他？”伊蓝吃惊。

“房地产大亨，知道他的人可不少啊。”吴姐好奇地问，“他是你什么人？”

“他是我妈妈的学生家长，替我妈妈来监视我的。”伊蓝说。

“哦。嘿嘿，”吴姐捏她的脸一下，“有这么漂亮的女儿，哪家妈妈都不会放心的呀！”她下手真重，伊蓝赶紧躲开了。

那晚的比赛依然是根据观众的投票决定胜负。省台的节目上星，全国观众都可以收看到。这种“平民明星”的造星活动是电视台新兴的一种节目，奖金高，关注率自然也高。在这之前搞过歌手、小品等比赛，效果都不错。舞蹈比赛虽然说是第一次搞，但借着前两次比赛的影响，收视率是节节攀升。来自全国各地的记者们在舞台前面围了个水泄不通，要不是吴姐一直挡驾，伊蓝光是对付记者就要累得全身散架。

那晚的比赛，因为伊蓝的出色表演可以说是毫无悬念可言，第一轮下来，她的票数就遥遥领先，而且高得令别的选手都有些灰心。吴姐捏着伊蓝的掌心，兴奋地说："第一，肯定第一了，我有预感！你准备好接受记者的采访哦。今晚别想睡觉啦！"

"不行。"伊蓝说，"待会儿比完第二轮我就得去卸妆了。我妈妈让我今晚赶回家去，明天就要开学了，我高三了，不能误课的。"

"绝对不行！"吴姐急了，"就算我放你走，记者们也不会放你走的！"

"想办法啊。"伊蓝说，"我管他什么记者不记者。"

"不行不行，采访一定要接受的。"吴姐想了想，终于有些让步，她对伊蓝说："我安排几个重要媒体的记者，两个小时内肯定搞定，完了就放你回家，如何？"

"还不知道能不能得第一呢。"伊蓝打击她，"等比赛完再说吧。"

"还是第一，"造型师小米偷偷跑过来报信，"还是第一。别的市的那些人都傻了，哈哈哈。"她一面说一面捂着嘴笑，又朝伊蓝竖起大拇指说："你真行！"

伊蓝心里还是挺激动的。她一下子想到了很多人，章阿姨、秦老师、童小乐、萌萌、林点儿、卜果，还有单立伟，他们肯定都在看电视，他们都会为她骄傲的。

她没有辜负大家，这多好。

刚才的第一轮是准备好的舞蹈，第二轮则是抽题，抽到什么算什么，要选手即兴发挥。伊蓝抽到的题目是《春天》。好个伊蓝，简简单单的一些动作，便将春天的感觉在镜头前表现得淋漓尽致，观众们再次被她征服，将掌声毫无保留地送给了这个美丽多才的十七岁少女。

大屏幕上的支持率仍在一路攀升。主持人大力夸赞她，并问她：“伊蓝，你心目中的春天是什么样子呢？”

伊蓝说：“没有灾难，没有痛苦，世界安康。”

说完，伊蓝在掌声中深深地俯首，唯恐有人会看到她眼底的泪水。

成功和灾难其实一样，都是突如其来。在这场面向全国的比赛中，伊蓝以无可争议的优势再次夺得第一，将亮晶晶的奖杯和三万元的奖金收入自己的怀中，成为众人关注的焦点。

那一刻，台上的伊蓝笑得很灿烂。

然而，伊蓝远远没有想到的是，成功是需要付出代价的，而这个代价，对于一个十七岁的少女而言，实在是有些沉重，沉重到令她无法正常呼吸的地步。在歪歪倒倒的命运前，伊蓝摊开自己的手掌，细数每一条纹路，希望会有智者告诉她，到底应该何去何从。

这个人不是章阿姨，不是秦老师，不是萌萌，不是卜果，也不是单立伟……

他是谁？

他在哪里？

他到底会不会出现？

伊蓝不知道。她唯一知道的是，风也好，雨也好，甜也好，苦也好，这条成长的路无论有多远多痛，她都必须朝前走，不回头。

不回头，就这样一直长大。

插播：三则流传于网上的新闻

到底是“比舞”还是“比美”？

省电视台历时两个多月的《我为舞狂》比赛近日落下帷幕，来自全省甚至全国各地的十二位选手经过层层选拔，进入了昨晚的决赛。最后，十七岁少女伊蓝凭借舞蹈《阿姐鼓》获得本次比赛的第一名，将三万元奖金和奖杯收入囊中。本次比赛全凭观众短信投票，值得一提的是，伊蓝的票数远远高于第二名。但有专家称伊蓝的舞蹈并非十分专业，与当晚其他一些选手相比，算不上十分出色。有的观众则认为伊蓝得奖最大原因不是在于她的舞蹈，她甜美的外形也为其挣来不少票数。到底是“比舞”还是“比美”，电视台各种各样的选秀节目到底能维持多久，恐怕现在谁也无法得出一个肯定的答案。

“冠军”到底是真是假，少女夺冠疑云重重

刚刚在《我为舞狂》比赛中取得冠军的十七岁美少女伊蓝一夜成名，成为众人关注的焦点。据说，已经有不少公司向其抛出橄榄枝，希望她能进入娱乐圈发展。但伊蓝却毫不动心。另据知情者爆料，这位十七岁的明星与一位著名的房地产大亨有非同一般的关系。伊蓝在得奖当晚，匆匆领完奖后，只接受了两位记者的采访就上了该大亨的豪华私家车，两人不知道去了何方。这不由得让人联想起当晚这位美女冠军那高得令人惊讶的得票率，是观众真正想投的呢，还是用了什么不正当手段买来的呢？

据了解，伊蓝目前已经回到学校开始她高三的学业，记者几次试图采访伊蓝本人，但均以要参加高考为由，被她和学校多次拒绝。不过最近依然有人看见大亨的车在伊蓝家和学校附近出没，不得不令人想入非非。

美少女冠军伊蓝身世之谜令人关注，到底是贪慕虚荣还是卖身救母？

《我为舞狂》冠军得主伊蓝近日又受到媒体关注，这名十七岁的美少女原来是一名孤女，九岁的时候被现在的母亲收养。伊蓝在参加比赛的过程中，其养母被诊断患有乳腺癌，生命垂危。当时，伊蓝所在的当地媒体曾为此事做过报道，并为她们募到一笔为数不少的捐款。省电视台也专门为伊蓝拍了一个专题片，然而，就在片子快要播出的时候，母带不翼而飞。有神秘男士专程赶往医院，为伊蓝养母一次性付清了所有的医疗费用，并声称以后所有的费用也皆由他来负责。这不得不让人联想到伊蓝获得冠军后传出的“美少女傍大亨”报道，到底是贪慕虚荣，还是卖身救母，看来一切还有待时间做出评判。

CHAPTER 4
明星伊蓝

『画外音』

两年后

伊蓝：我走了，你多保重。

章阿姨：离开这个家，就永远不要再回来。不过我不担心你，你有的是本事，我祝你飞得越来越高。

伊蓝：你错了，这里是我的家，所以我肯定会回来。你是我的亲人，从你领养我的第一天起，这已经成为改变不了的事实。

章阿姨：别抬举我，我哪有那个福气。

伊蓝：再见，妈妈。

重逢

北京的秋天，干燥，风大得像是要把人吹起来。伊蓝戴了顶蓝色的帽子，穿蓝色花边的白色围裙，在一间小小的温暖的酒吧里，微笑着为客人递上一杯咖啡。

每周有三个晚上，伊蓝会在这里打工。其他的课余时间，她还带了三个家教，都是小学生，分别教他们钢琴、英语和作文。所有挣得的钱，除了支付自己读大学所需的学费、生活费以外，她都会攒起来，积到一定的数额后，寄回家中。

章阿姨的癌症治好了，却患了更稀奇的一种病，叫“术后忧郁症”，脾气一日比一日古怪。自从读大学后，伊蓝很少回家，因为她不喜欢，她曾经在大年三十的时候把伊蓝关在门外，隔着一道门高声叫她滚。只有心情好的时候，她才会跟伊蓝打个电话，问一些莫名其妙的问题，或是口气严厉地说：“毕业前不许谈恋爱。”

她操的是闲心，因为伊蓝根本没空谈恋爱。她的时间除了用来读书，就是用来挣钱。也不是没有男生追，但多半会被她的“冷”

吓倒，半途而废，将兴趣转到别的女生身上去。学校在北京城里不算有名，伊蓝学的专业也没太大意思，回想高三时，志愿是胡乱填的，只要能考出去，离开那个地方就行了，别的好像都不太重要。

酒吧外，有人在用手指敲窗玻璃。伊蓝替客人把糖罐子放好，抬起头来，看到童小乐。他站在狂风里，缩起脖子，对着她笑。伊蓝放下手中的盘子，跑到门外，喊他："嗨，进来坐坐。"

"不用了。"他说，"你不是马上要下班了吗？我就在这里等你好了。"

"今天我要替别人代两小时班。"伊蓝抱歉地说，"她男朋友今天过生日。"

"那不是要到十一点？"童小乐说，"宿舍还能进去吗？"

"不给进，我就在这里睡吧。"伊蓝说，"店里有休息室，反正今天也是周末。"

"有件事告诉你。"童小乐支支吾吾。

"快说呀！"伊蓝催他，"我现在是上班时间，想我挨老板骂呀？"

"你妈来北京了。"

"是不是真的？"伊蓝问。

"来看病的。"童小乐说，"这里有个很好的大夫，专治像她那样的病。她就住在离这里不远的一家宾馆，要不你工作结束了去她那里，你们母女俩正好聊聊。"

"是你介绍的吧？"伊蓝问。

"是。"童小乐说，"我去车站接的她。"

"为什么不早点告诉我？"

“她一开始不想让你知道，结果，一来了，又想见你。”童小乐说，“其实她真的很想见你，是真的。”

“是她让你来的吗？”伊蓝问。

童小乐点头。

“把地址写下来给我。”伊蓝进店里，找到纸和笔，出来递给童小乐。

童小乐埋头写下，伊蓝催他说：“你快回去吧，晚了该没公交车了。”

“那你怎么办？”童小乐问。

“我会去看她的。”伊蓝说。

“别跟她生气，想想她的病。”童小乐不放心地说，“要不我还是等你，等你完事儿了我陪你过去。”

“你快回去吧。”伊蓝推他一把说，“别担心我。”

童小乐一步三回头，终于还是走了。伊蓝回到店里，把字条折起来放到口袋里，抱歉地对老板纪姐说道：“对不起，刚才来了个朋友，出去聊了两句。”

“男朋友吧？”纪姐并不老，只比伊蓝大四岁，大学毕业后为了留在北京，就跟男朋友一起开了这间不大的酒吧。酒吧有个很有意思的名字，叫“三杯水”，就开在伊蓝所在的大学旁边，因为用心经营且小有特色，生意还算不错。最重要的是，纪姐对伊蓝也挺好，像对亲妹妹一般。

“男孩不错呢。”见伊蓝不答，纪姐又笑着说。

“老同学而已。”伊蓝说，“人家可是北大的高才生。”

“你不也在全国重点大学读书吗？差不到哪里去！”纪姐鼓励伊蓝说，“看到好男生就不要放手，这可是我的经验！”

伊蓝只是笑。两人正说着话，有人推门进来了。她进来时的动作有些夸张，木门被她推得直摇晃。其实她刚走进来的时候，伊蓝就认出了她。她还是那么年轻，岁月仿佛并没有改变她。只不过现在的她有些喝多了，走路有些歪歪斜斜。她在吧台边坐下，对伊蓝说：“酒。”并顺手掏出了烟，又对伊蓝说：“火！”

“哎！”伊蓝好半天才回过神来。

她要了很多的酒，喝了一杯又一杯；烟也是，抽了一支又一支。眼神忧郁，面色疲惫，好像有满腹的心事。在她要到第四杯啤酒的时候，伊蓝忍不住劝她说：“小姐，你不能再喝了。”

她看着伊蓝，问：“你叫我什么？”

“叶小姐。”伊蓝说，“你最好不要喝了，再喝就要醉了。”

“呵呵。”她仰起头来笑，声音甜美地说，“要不要我给你签个名啊？”说完，她环顾四周，大声地问：“要不要我给你们签个名啊？哈哈哈！”

伊蓝正好站在音响旁，不露声色地扭大了音乐声，所以并没有太多的人听到叶眉在说什么。不过酒吧里已经有别的客人认出了她，正冲着她指指点点地说：“叶眉，叶眉……”

有个男人从酒吧门外闪进来，拿着摄像机对着叶眉一阵乱拍。叶眉已经露出明显的醉态，嘴里不知道在说着什么。伊蓝三下两下走到门口，挡住那人的镜头说：“先生，对不起，这里不许拍照。”

“我不拍店的。”那人赶紧解释说，“我是记者，我只拍人。”

“对不起，那也不行。”伊蓝继续用手挡住，“如果不是来消费的，麻烦你出去。”

“什么态度！”记者对着她横眉竖眼。

纪姐走过来，还是她更有经验，好说歹说，总算把那人给劝出去了。不过那人也没走，而是坐在门外的摩托车上，一副不等到叶眉出去不罢休的姿态。

伊蓝走近叶眉，一句话不说，抢了她手里的酒杯。

叶眉口齿不清地问伊蓝：“是……是不是天黑了？”

“是的。”伊蓝说，“你应该睡了。”

说罢，伊蓝伸手去扶叶眉，叶眉竟然听话地站了起来，和伊蓝一起进了酒吧后面那间小小的休息室。纪姐随即也跟进来了，吃惊地问伊蓝：“这是不是演电影的那个……”

“是。”伊蓝说，“她喝多了，狗仔队在外面，只能在这里休息一下。”

“你们认识？”纪姐问。

“不认识。”伊蓝看着半醉半醒的叶眉答道。叶眉一头倒在沙发上，看样子像是睡着了。伊蓝找来一块毛毯，帮她盖在身上。纪姐一把将伊蓝拖出去说：“喂，你把个大明星藏在这里，弄得我有点紧张哦。”

“没事的，”伊蓝说，“她醒了自然会回去的。”

“你该不会是她的粉丝吧？”纪姐点了伊蓝的额头一下，哧哧笑着说，“像你这样的小姑娘，应该喜欢帅哥才对呀，这种老女人，早过气了，有什么好崇拜的！”

“我们出去吧！”伊蓝生怕叶眉听见，赶紧拉着她往外走去。

十一点的时候，晚班的女孩来接班，伊蓝可以下班了。她换完衣服来到休息室，发现叶眉仍在沉睡。

伊蓝无可奈何地拍拍她的脸颊说：“叶小姐你醒醒，该回家了。”

叶眉费力地睁开眼睛。

“告诉我你住在哪里，我送你回去。”伊蓝说。

叶眉好不容易吐出一个地址。

伊蓝记下来，再重复一遍，问她：“是不是？”

“对的。”叶眉说，“对的。”

纪姐告诉伊蓝那记者还守在前门，让伊蓝从后门送叶眉出去。

伊蓝拖着还没醒的叶眉往外走，到了门外，冷风一吹，叶眉清醒了一些，皱着眉头问伊蓝：“我这是在哪里？”

“酒吧。”伊蓝一面伸手招出租车，一面对她说，“你喝多了，我现在送你回去。”

“回哪里？”叶眉问。

“你家。”伊蓝说出刚才那个地址，问她，“对不对？”

“对。”叶眉说。

伊蓝伸手把叶眉衣服上的帽子拉起来，挡住了她的大半张脸，刚好有辆出租车停下，伊蓝就拉开门一把将她塞了进去。只用了五分钟，车就到了叶眉说的那个地方。那里是公寓，楼层很高，伊蓝仰着脖子问叶眉：“哪幢？”

叶眉用手指了指。伊蓝扶着她进了楼。保安看到是叶眉，还冲她们点了点头。电梯在十九层停了下来，伊蓝扶叶眉走出电梯，又问她:“哪间?”

叶眉指了指1907。

“钥匙呢?”

“按，按门铃。”叶眉指挥她。

伊蓝按了门铃，很快就有人来开门。是个中年男人，穿着睡衣。他看看叶眉，再看看伊蓝，低声对叶眉说:“我这里今天有人。”

“她喝多了。”伊蓝说，她快承受不住叶眉整个人倒在她身上的重量。

“对，我喝多了!”叶眉扬扬手说。

“你是谁?”中年男人问伊蓝。

“我是酒吧的服务员，”伊蓝说，“看她喝多了，送她回家。”

“这里不是她的家。你等我一下。”中年男人进屋去，没一会儿又出来了，拿了一张字条和一百块钱对伊蓝说，“麻烦你把她送到这个地址，这里才是她的家。”

“我要睡觉了!”叶眉却毫不理会，一把将伊蓝推开，人往中年男人身上倒去说，“我要睡觉了，走，我们进去睡觉去!”

“你发神经啊!”中年男人一把推开她，厉声说，“你是不是绯闻没闹够，明天又想上头版头条?”

叶眉如同没听见，人一直往里闯。门被她一把推开了，透过屋内的灯光，伊蓝清晰地看见里面有一个年轻漂亮的女孩，那女孩正坐在沙发上一边吃零食一边看电视。

“我说你闹没闹够!看看你现在的样子!”中年男人恼羞成怒，要推叶眉出门。

叶眉怎么也不肯，人继续往里走，一面走一面指着里面那个女孩说：“你是谁？你给我滚出去！”

男人从后面拖住叶眉，一巴掌挥到她的脸上。叶眉被打得站也站不稳，好在伊蓝上前一步扶住了她。

“你别打人。”伊蓝说。

“对啊，你别，别打人！”叶眉一面捂住脸，一面却在笑。她实在是喝得太多了，一巴掌也没能打醒她。

“我们走，我们走！”伊蓝用力地把她往外拖，拖到门口了，又转回身，猛地从那男人手里抽出那张字条，这才带着醉得不成样子的叶眉下了电梯，出了大楼。

秋夜凉如水。叶眉在星空下站定，用手指指那幢高楼，又用力敲敲自己的胸口，对伊蓝说：“那里，是我的家，房子是我买的。”

“哦。”伊蓝答。

“他没有良心的。当初他来京城娱乐圈混的时候，什么都不是，要不是我……”叶眉说着，悲从中来，蹲在路边就吐了。伊蓝赶紧找纸巾来替她擦，擦着擦着忽然看到叶眉开始流泪。怕被人看见，伊蓝赶紧帮她把帽子再拉起来，又在她包里找到墨镜帮她戴上，这才柔声对她说：“我们先回去再说吧。”

“好。”叶眉听话地点点头。

黑夜里带着一个戴墨镜的人上出租车，司机也忍不住要对着她们多看两眼。伊蓝把字条递给司机，吩咐他开车。谢天谢地，吐过后的叶眉好像清醒了许多，她靠在伊蓝的肩上，终于停止了胡言乱语，并且好像是睡着了。

北京城老大，又折腾了一个多小时，伊蓝总算是把叶眉送回了家。这回是叶眉自己掏钥匙来开的门，她真的已经清醒了许多，口齿也变得清楚，对伊蓝说："谢谢你啊，小妹妹。"

"不用。"伊蓝环顾了一下叶眉的豪宅，打算离开。

"喂！"叶眉喊住她，从包里掏出一叠钱来递给她说，"谢谢你送我回来，今天的事，不要到处乱说。"

"放心吧。"伊蓝并不去接钱，而是说，"你早点休息，我走了。"

"拿着呀！"叶眉把钱递过来。

伊蓝转身就走。

"喂，这边很难打到车的！"叶眉喊住她，"你等我一下，我换件衣服，稍微洗一下，然后开车送你回去，我的车就在车库里。"

叶眉的家真的很大，装潢也很时尚，但却显得毫无人气，散发着一种说不出的孤单和寂寞的味道。看着叶眉进了卫生间，伊蓝想了一想，把手链取下来放在叶眉家的茶几上，转身离开。

伊蓝并不希望叶眉会通过手链想起自己，明星的生活是那么丰富多彩，无论何时何地，叶眉的快乐忧伤都绝对不会和青木河那个叫小三儿的小姑娘有任何的关系。伊蓝知道，她早就在叶眉的记忆硬盘里被删除了，如今的她对叶眉来说，只是酒吧里一个傻乎乎的喜欢追星的侍应生而已。今夜的奇遇后，她们也许永远都不会再相逢。

出门的时候，伊蓝再次看了手链一眼。尽管这手链跟随伊蓝长达十年，但伊蓝知道，它从来就不属于她。它从哪里来，再回到哪里，一切都是尘埃，一切都是命运。

站在秋天的裙边上

“你怎么到现在才来？不想见我完全可以不来。”章阿姨站在宾馆的窗边，面无表情口气生硬地说。

“要上课，一直到现在才有空。”伊蓝来之前就知道会是这样的结局，不过还是耐心地解释。

“我找你来是有事。”章阿姨走到床边，打开背包，从里面掏出一叠钱说，“这些钱都是你寄回来的，以后再也不要寄钱来，我用不着。而且我告诉你，你欠我的，也不是这一点点钱就可以还得清的。”

“走吧，时间到了。”伊蓝并不理会她，而是说，“小乐说约好了医生，我们得去了。听说那个医生很忙的。”

“我没有病，我只是来度假的。”她嘴硬，一面说一面拖过伊蓝背着的小包来，把钱硬往里面塞。

看着她毅然决然的模样，伊蓝无法阻拦，只是心像被刀片划过似的生疼生疼。

北京城她并不熟，所以还是让伊蓝陪着她去看病。两人在路上没有什么话，她不说话，伊蓝当然也不说话。就这样到了医院，小乐却没来，伊蓝一路问，终于问到张医生那里。那是一个看上去很温和的中年男人，他微笑着接待了她们。长达两个小时的时间里，伊蓝一直坐在那里等。两小时后，她出来了，看样子心情不错，脸也没有拉得老长。她对伊蓝说："医生让你进去一下。"

伊蓝进去了，首先问："她怎么样？"

"这是心病，还需心药治。"张医生将章阿姨的病历合起来，对伊蓝说，"你应该多关心你妈妈，在我看来，你对她实在很重要。"

"我努力过，可都是白费。"伊蓝低声说，"有时候，她实在是让人担心，而我束手无策。"

"不管她说什么做什么，你做你该做的。"

"那我该做什么？"伊蓝问。

"她当初领养你，应该有一半是因为孤独。现在你出来读大学，她心理上一时接受不了，所以才会说那些言不由衷的话，做那些言不由衷的事。"

"她是这么跟你说的吗？"伊蓝问。

"是我猜的。"张医生笑着说，"这可是心理医生该有的本事。"

"谢谢你。"伊蓝看着张医生说，"我想问问，这个病，会不会真的很危险？"

"事在人为。"张医生说，"好在她的抑郁只是初期，如果到了比较严重的地步，那就很难控制了，发生什么样的危险都很难说。”

“我知道了。”伊蓝说。和张医生告别出来，伊蓝看到她坐在门口的椅子上，眼神空洞，不知道在想什么。

“回宾馆吧。”伊蓝招呼她。

“换一家宾馆。”她说，“小乐替我找的那家不好，床上有虫子。”

“你要是不嫌弃，可以住我们学校的招待所。”伊蓝说。

“什么招待所！人生地不熟的，再不住好点儿的地方，被人卖了都不知道！”

伊蓝默默地承受着她的易怒，和她一起走出医院。已经招下了出租车，她却忽然说：“走走吧，我还不想坐车。”

“得打车了。”伊蓝说，“我先送你回去，晚上有家教。”

“打车多少钱？你上堂课多少钱？你到底会不会算账？”她生起气来，不讲道理地说，“你要打车你就打，我反正是坐公交车！”

“我要是去迟了，也许就会丢掉这份工作。”伊蓝说。

“你不用担心，还是有学生争着找我代课的。”她语气里不无讽刺地说，“我带了钱来，这些钱，我都可以自己出。”

母女俩又僵持在那里。

就在伊蓝觉得再也无法忍受她奇怪的自尊心的时候，童小乐及时地出现了。他从出租车上跳下来，看到她们，高兴地说：“还在医院啊，我真怕你们走掉了。对不起对不起，我有点急事所以来晚了。”

“小乐，”伊蓝说，“麻烦你替我照顾一下我妈妈，我时间不多，要直接赶去上课了。”

“一起吃饭吧，”童小乐说，“吃完再去也不迟的。”

伊蓝看看她，她的样子好像并不反对。再说也到了吃饭的时间了，伊蓝想想，也就同意了。

三人一起来到医院附近的一家小饭店，童小乐叫来服务员，要了好多的菜。伊蓝赶紧劝他：“别点这么多，吃不掉的。”

“吃得掉，吃得掉！”童小乐说，“我饿了。”

“我也饿了。”她像个孩子一样，说完了又说，“今天我请客。”

“阿姨您就别骂我了，到了北京，您就别管了。”童小乐要完菜，还要了酸奶，亲手替伊蓝和章阿姨倒上。

“小乐大三了吧？”章阿姨看着他问，“毕业了是考研还是出国？”

“兴许会考研吧。”童小乐说，“可是肯定不会出国。”

“出国好啊，”章阿姨说，“有机会还是要出去看看的。你们北大不像伊蓝那所大学，出国的机会几乎等于零。”

“那也不是，”童小乐说，“关键还是看个人。伊蓝舍不得你，我看她就是有机会也不会出国的。”

“她才不会舍不得我。”章阿姨开始埋怨，用筷子敲打着桌子说，“你问问她，这一年，她给我写过多少信，打过多少电话？只知道自己开心，还记不记得我都难说！”

伊蓝任凭她数落，心想：是你不要我关心的，你大年三十赶我出家门的事怎么不说呢？

伊蓝永远也忘不掉，那天，她兴冲冲地回家，箱子里装满了辛苦打工挣钱给她买的礼物，却被她骂“没良心”赶出门外，那种绝望和委屈。

“你误会伊蓝了。”童小乐说，“她不知道有多关心你呢。我看你不如在北京安心住一阵子，你们母女俩也享享天伦之乐。”

“你们吃吧。”伊蓝站起身来说，“我要去上课了，现在是下班高峰，路不好走，搞不好会迟到的。”

“可以打车嘛——”她拉长了声音，阴阳怪气地说。

“你们慢吃。”伊蓝还是站起身来走出了门。刚到门口，童小乐追了上来，喊住伊蓝，从口袋里掏出一部小巧的手机说：“你拿着，不然找你不方便。”

“不用。”伊蓝说。

“别跟我客气！”童小乐把伊蓝的手拿起来，把手机放到她掌心里，说，“我自己也买了一个，号码替你存好了，发短消息很方便的。”

“你哪来这么多钱？”伊蓝问。

“挣的啊。”童小乐自豪地说，“我替别人开发的软件，成了。”

“你真行。”伊蓝夸他，不过还是把手机塞回给他，说，“可是我不能要，我要自己挣钱买。”

“你有钱了还我还不行吗？”童小乐急得脸都红了，“快拿上，走吧，你妈妈还在里面呢，我得陪她去了。”

“小乐！”

“再这样我跟你急！”小乐脖子一拧，跟小时候一模一样。伊蓝忍不住笑了，只好拿起手机跟他说再见。还没上公交车呢，手机里的短消息就来了:“我会照顾好章阿姨的，你路上要小心。”

伊蓝把手机捏在手里，放到口袋里，感觉到手机的温度一点一点在上升。没过一会儿，手机又嘀嘀响，伊蓝拿出来看，又是一条短消息:“慢慢学，学会了也记得给我发一条消息，我等着。”

车窗外开始下雨，秋雨下一场天便冷一点儿。今晚的家教是伊蓝最不愿意去的，教一个八岁的小男生写作文。那男孩在美国长大，中文差得离谱。而且，他长得圆头圆脑，像极了丁丁。

丁丁也该八岁了，不知道成绩好不好，还会不会有人教他弹琴?

自从那些新闻登出来以后，单立伟就带着丁丁去了南方，甚至没有跟她说一声再见。伊蓝再跑到他家的时候，偌大的房子里只有罗姐一人在收拾残局。桌子上还有一张丁丁的照片，他站在白色的鸽群里，笑得好甜。

罗姐说:“单先生说了，如果你来，让我告诉你一定要好好读书，考上大学。别的事不要想那么多。”

“为什么他不亲口对我说这些?”伊蓝流着泪问。

“他不想再给你惹麻烦。”吴姐说，“单先生一直是这样的一个人。”

伊蓝在单立伟空旷的大房子里慢慢地蹲下身去。那时，也是秋天吧，冷到骨髓的冷，恨到骨髓的恨，伊蓝真的想不明白，为什么，为什么他连告别都不愿意。

伊蓝离开的时候，罗姐喊住她，提醒她说:“对了，单先生的手机号码是不会换的，无论到哪里，他都用那个号。”

“嗯。”伊蓝说。

从单立伟家出来的时候，伊蓝看到一个女记者正在拍照。她走过去，一把抢过她的相机，砰的一声扔到地上，然后平静地对那个吓坏了的记者说：“相机多少钱，拿发票来，我替你报账！”

说完，伊蓝扬长而去。

而那个记者，一直没来找她。

事情终于慢慢平息，大家终于有新的焦点去关注。可对于伊蓝来说，他的离去却是一生永远也无法平息的伤痛。

十七岁时独自承受的伤痛，到了七十岁，也应该是刻骨铭心吧。

“我不相信。”卜果拿着报纸在学校门口堵住伊蓝说，“你告诉我是真的还是假的。”

“是真的。”伊蓝面无表情地说。

“我已经决定毕业后去西藏援教。”他说，“除非，你希望我留下。”

“你自己的事情自己做主吧。对不起，我得去上课了。”伊蓝回身往学校走，走了很久回头，他还站在原地，一动不动。

萌萌站在教室的门口，看到伊蓝走近了，说了一句话：“你这个人，是没有心的。”

高三的时候，伊蓝真的很拼命。别人的眼光，甚至是萌萌的眼光，她都没有空去在乎，除了苦读就是苦读。有时候一不小心会读到凌晨三点，脑子里会浮现出那个电话号码。就是这样，拼了命想忘的东西，偏偏就要了命地记得牢牢的。

伊蓝并没有骗卜果，有一些东西，直到单立伟走后伊蓝才明白真的是真的，她很想知道，他到底还关心不关心自己。这仿佛成为一个诱人的谜面，在长达三百六十五天以及以后更长更久的时间里，所有的努力和坚持都只为了等待谜底水落石出的那一刻。

他到底还关心不关心自己?

其实真的只需知道答案，便已经足够。

但，也许那一天永远都不会到来。

秋意越来越浓，还没准备好，就要披上大衣才能御寒了。伊蓝站在北京秋天的裙边上，看风吹落最后一片叶，开始害怕一不小心跌进冬天，跌进自己最不喜欢的寒冷季节。

童小乐发短消息给伊蓝:“她要走了，明早七点半的火车，你来送吗?”

“送。”因为不是周末，酒吧里人不多，伊蓝躲在柜台里给童小乐回短消息。经过这些天，她发短消息已经越发熟练，但还是喜欢发简短的一两个字。

短消息刚飞出去就有顾客进来了，敲着吧台对她说:“来瓶白兰地。”

伊蓝抬头，惊讶地发现是她。

按她的吩咐替她拿了酒，倒好，推到她面前。她说:“再来个杯子，也倒满。”

伊蓝照做了。她端起杯子说:“干杯!”

伊蓝用大眼睛瞪着她，不明白她的意思。

“蓝蓝，不，小三儿，干杯!”她说。

伊蓝的心狂跳，眼泪就要流下来，她居然记得她！她居然！

叶眉说：“我来了三天了，可是你都不在。”

“我不是每天都上班。”伊蓝说。

叶眉从包里掏出那条手链说：“这可不是一般的手链，是我那年去西藏的时候费了老大的劲儿从一个藏胞手里买的。据说，它可以让佩戴者逢凶化吉，一生好运。我敢说，这个世界上，这样的链子就只有这一条，所以，我永远都会记得，不会忘掉。”

“可是……”伊蓝说，“你怎么知道我就一定是小三儿？”

“你那双眼睛，”叶眉说，“跟小时候一模一样。”

伊蓝忍不住笑了。

“在北京打工？”叶眉关心地问。

“不，”伊蓝说，“在这里读大学。”

“有出息啊。”叶眉笑着说，“没想到蓝蓝有一天这么有出息。我告诉你程凡爸爸了，他这就赶来看你。”

“不会吧！”伊蓝捂住嘴说，“这么多惊喜我一下子可受不了。”

“我托你程凡爸爸去找过你，他们说，你早就去了孤儿院，后来又被人领养了，再也没有消息，我只好作罢。”叶眉说，“虽然咱们那部戏并没咋样，该得的奖没得，市场也走得一塌糊涂，可我真没忘了你，你程凡爸爸也是，我们要是凑一块儿，准会提起你，说不知道蓝蓝现在到底什么样了。”

伊蓝的眼眶一下子就红了，原来被人惦记的滋味，真的是如此地美妙和让人感动呢。

两人正说着话，酒吧的门被人一把推开了，一个戴着墨镜的高个子男人直冲进来，见了叶眉就问："人呢？人呢？"

叶眉喝下一口酒，指着伊蓝。

程凡上上下下地打量了伊蓝十几秒，这才一把将她拥到怀里说："哎呀，女儿，我终于找到你了！"

伊蓝到底是大姑娘了，乍一下子被一个男人紧紧地拥在怀里真有些不好意思，脸唰一下就红了，却又不好推开他。叶眉笑着打了程凡一下说："小心被狗仔队拍到，说你泡小妹妹。"

"我家女儿，我怕什么！"程凡留了胡子，比十年前显得成熟了许多。"走走走！"他一把拉住伊蓝说，"晚上我请吃饭！"

"不行呢，"伊蓝挣脱他说，"我在上班。"

"什么班啊，辞了辞了！"程凡说，"我派新活给你干！"

店里一下子来了两个大明星，动静还挺大，纪姐有些回不过神来，爽快地准了伊蓝的假。伊蓝把她拉到后台，不好意思地说："我明晚来补班。"

"是不是有导演看上你了，要你当主角？"纪姐了然于胸地说，"多好的机会，丫头你可别放弃，赶明儿成了明星，记得照顾我这小店就成。"

"纪姐你说哪里去了！"伊蓝也没空跟她细细解释，匆匆告别出来，程凡和叶眉已经在车上等着了。伊蓝坐进车去，叶眉高兴地把她一搂说："今晚咱们好好宰宰程大导演。"

"程凡爸爸还拉小提琴吗？"伊蓝问。

"我那两下子，不值一提。"程凡一面开车一面笑着说，"为了拍戏现学的，说起来都丢脸。”

“不是啊。”伊蓝说，“我那时真觉得你拉得好。”

程凡哈哈笑：“好什么好，跟弹棉花似的。”

“那你就是忙着演戏喽？”

“没听我叫他程大导演吗？”叶眉插话说，“人家现在改行做导演了，在圈内那个红呀，拍一部戏红一部戏，我现在想上他的戏，那都是难上加难呢。”

说完，叶眉又举了很多例子给伊蓝听，那些戏伊蓝还真都听说过，是很受欢迎的那种。

三人在饭店的包厢里坐下了。那么大的包厢，那么大的桌子，就坐三个人，真是浪费。服务员们端来菜，又拿来本子让叶眉和程凡签名，一个个小脸看上去都激动得红红的。等到菜上齐了，周围终于安静下来，程凡倒了一杯酒，开口对伊蓝说：“来，女儿，咱们今天重逢纯属缘分，我们干了这一杯，好好珍惜这缘分！”

“可……”伊蓝不会喝酒，酒杯是端起来了，却面露难色。

坐在她旁边的叶眉鼓动她说：“红酒，没事，醉不了，今天高兴，你真的得干。”

伊蓝确实也高兴，狠狠心，和程凡的酒杯一碰，仰仰头，一杯酒畅快下肚。

“这丫头，爽气。”程凡高兴地说，“小时候就看出来了，与众不同。我这叫作踏破铁鞋无觅处，得来全不费功夫！叶眉，我也敬你一杯！”

“恭喜你。”叶眉也端起酒杯来，一饮而尽。

看伊蓝有些迷糊的样子，叶眉这才告诉她说：“你程凡爸爸正在筹拍一部新的电影，是青春题材的，就差个女主角了。他当时就跟我说，要是能找到蓝蓝，准合适！没想到还真的找到你了，你说这世上的事奇怪不奇怪？”

“要不怎么说是缘分呢！”程凡招呼伊蓝，“来，蓝蓝，吃菜吃菜！”

“我不懂演戏的。”伊蓝赶紧说。

“我说你行你就行！”程凡牛气冲天，“明天就试镜去。”

“不行，不行！”伊蓝连连摆手说，“真的不行，我不会演的。”

“别客气啦。”叶眉好像又喝多了，她握住伊蓝的手，口齿不清地说，“要是我年轻十岁，我拼了老命也要上这部戏。老程现在的戏有多牛你不知道啊，有多少人等着你不知道啊，我这要混个小配角，还是看这多年的面子，老程你说是不是？”

“呵呵。”程凡笑，对伊蓝说，“你就放心吧，叶眉在这部戏里演三号女主角，她会带好你，保证让你轻轻松松玩似的拍完一部戏！”

三号？

伊蓝忍不住疑惑地问道：“那你们打算让我演几号？”

“一号。”程凡和叶眉异口同声道。

玩笑真是开大了，伊蓝一口菜都吃不下，觉得自己就差昏过去了。

非我莫属

那天早上，到底没赶得及送她。

伊蓝赶到车站的时候，车已经开走了。童小乐独自站在站台上，他穿得不多，习惯性地缩着脖子。

“谢谢你。”伊蓝对童小乐说。

“跟我这么客气？”童小乐说，“我跟她说你早上有课，学校又远，赶不过来。”

“她一直恨我。”伊蓝低着头说。

“其实，她一直爱你。”童小乐说，“秦老师也这么讲。”

伊蓝深吸一口气说：“可她总不放弃折磨我，仿佛这是她平生最快乐的事。”

“别想这么多了。”童小乐拉住伊蓝的手说，“我刚才在车站旁看到一个卖红烧牛肉面的地方，走，咱们吃去！”

他握住伊蓝冰凉的手往前走，是那么地自然，不露痕迹。

伊蓝没有挣脱他。

面馆有点脏，童小乐找来餐巾纸，将桌面擦了又擦，又拿筷子去面锅里烫了，才送到伊蓝的面前。

“谢谢。”伊蓝说。

“还记得青木河那家店吗？”童小乐说，“我现在一想到他家的面条就流口水。”

“生意还是那么好？”伊蓝问。

“早关掉了。”童小乐说，“那个女的，忽然得了种怪病，不能走路了，然后就死掉了。她一死，她男人就撑不住了，人老得飞快，天天呆坐在家门口。”

伊蓝只觉得全身发冷，面条端上来，一点儿胃口也没有。她硬撑着吃了几口，手机响了，是程凡，问她在哪里，要接她去试镜。

“今天有课的。”伊蓝说，“那个老师很凶，不能逃课。”

“那我晚上去你学校接你。”

“程导演，”伊蓝说，“请让我再想想，好不好？”

“那好吧，”程凡多少有些无奈地说，“我等你电话。不过，就这两天，行不行？”

“好吧。”伊蓝说。

童小乐好奇地问她：“什么导演？有人找你拍戏吗？”

“不是的。”伊蓝从钱包里拿出一些钱，在桌面上推给童小乐说，“买手机的钱，不知道够不够。”

“你怎么这样？”童小乐不高兴了。

“快收起来吧。”伊蓝说，“这些钱，是她还给我的。我寄回家，她一分也没用。我不明白她是什么意思。”

“这还有什么意思？”童小乐说，“她想让你过得好一些。她今天走的时候还跟我说，要我多帮助你，有什么困难，可以跟她说。”

“我回学校了。”伊蓝站起身来，“谢谢你请我吃面。”

“伊蓝，”童小乐付完账后追出来，把钱塞回她手里说，“别跟我这样，这样子我只会难过、伤心，你明白不明白？”

“小乐，”伊蓝说，“你知道我不喜欢欠别人的。”

“你不喜欢！你就知道考虑你自己喜欢不喜欢。”童小乐抓住她说，“好吧，你不喜欢欠我的，不喜欢欠你妈妈的，你每天拼了命地去做事，读书、挣钱，挣钱、读书，你这样到底是为了什么？你快乐不快乐，你有没有问过自己？”

路过的人已经在盯着他们看。伊蓝不想再和他争论下去，挣脱他，转身就走。童小乐捏着一把钱，呆呆地站在原地，这个自己从小就认识的倔强的女生，他用尽了全身的力气，好像总也走不进她的内心。

徒留伤感。

伊蓝赶到学校时，第二堂课已经结束了。有人递了一封信给她，信来自南方，竟是萌萌写的。伊蓝拆开来，里面有萌萌的一张照片，不是萌萌一个人，还有一个男生，高高大大的，搂着萌萌，两个人在海边笑得天花乱坠。

那个男生，有超好看的鼻子。

信很长，洋洋洒洒好几张纸。萌萌在信里诉说了自己的现状，看来，现在的她真是一个典型的快乐大学生。在信中，萌萌写道：

亲爱的伊蓝：

请你一定要原谅我十七岁时的无知。我终于找到我真正的幸福，那些原来一直以为会过不去的事就是这么轻松地过去了。我也终于明白你所受的委屈，看到了在十七岁的时候，你用永不屈服的表情独自撑着的晴天。我也终于发现，在我心里，你依然是我最好最好的好朋友。如果愿意，给我回信好吗？

爱你的萌萌

伊蓝把信叠好，塞进信封，抱头趴到课桌上。她一直无法忘记萌萌那天在雨中冲着她大喊大叫的样子，她浑身被雨水淋得透湿，尖着嗓子哭喊："伊蓝，你是骗子，你骗了我，你不得好死！"

最后，是林点儿拉走了她。

那是冬雨，打在人的身上，冰凉冰凉。

曾经，一切的一切都消失得那么坚决，仅有的一点点温暖，也离开得没有一点儿声音。伊蓝常常回想，惊讶自己那些日子究竟是怎么过来的，是凭着一股什么样的力量，可以日日复习撑到天光大亮，直到拿到录取通知书才呼出一口长气。

伊蓝的成绩一直不算很好，人的潜力，有时想想，真是无穷大。

中午的时候，程凡还是开了车来，带着他的助理王姐，要再约伊蓝谈谈。伊蓝接到电话匆匆地赶到校门口，抱歉地说："真是对不起，我下午的课很重要。"

"我反正是铁了心了，"程凡笑笑说，"就算是十顾茅庐，我也得把你给攻下来。"

"快别这么说。"伊蓝被他弄得不好意思极了。

王姐在一旁开口说："我们程导为什么成功，就是因为这点，只要看准了，他绝不会放弃！"王姐一看就是个非常精明的人，虽然她很年轻，不过三十岁的模样。

"再想想。"程凡说，"你下午安心上课，我晚上再来跟你聊聊。"

"可别！"伊蓝说，"我晚上得去做家教，要九点才结束。"

"那就九点。"程凡说，"九点我在校门口等你。"

"我根本就不会演戏。"伊蓝还是那句话。

"我说你行，你就行。"程凡也还是那句话。

晚上九点的时候，伊蓝做完家教回校，没看到程凡的车，正松了一口气，一辆白色小跑车却驶到她面前。叶眉从车里伸出头来，示意她上车。

伊蓝坐上车去，问她说："你怎么来了？"

"你程凡爸爸有急事，"叶眉说，"托我来二顾茅庐。"

伊蓝坐上车，对叶眉说："我想过了，我还是不要去拍了，我天生不是干这行的料。麻烦你跟程导演说一声对不起。"

叶眉像没听见似的，发动车子说："外面都不得安宁，到我家坐坐吧。"

这应该是伊蓝第二次来叶眉家，二百多平方米的复式房，楼上楼下，还是一样地冷清。叶眉给她倒了红酒，她摇摇头，叶眉心领神会地又给她泡了一杯茶。伊蓝转动着手中的茶杯，很认真地对叶眉说："我挺没出息的。"

"那就要改变自己呀。"叶眉说。

"我有些怕娱乐圈。"伊蓝说，"我觉得我应付不来。"

叶眉笑着说："在这个圈子里，也不是没有榜样。当然，我不能做榜样就是了。不管怎么说，你这一次就算是帮帮我也要接这部戏。"

伊蓝不明白。"此话怎讲？"

叶眉叹气说："外面人看到的都是我的风光，但其实这几年来，新人辈出，找我拍戏的人并不多，就算接了戏，价钱也谈不上去。程凡这部戏我看过剧本了，相当不错，很想接。虽然我演的不是女一号，但是角色很有挑战性，我想试一试。"

"那你就接啊，他不是答应你了吗？"

"你这孩子，真是天真！"叶眉笑笑说，"你要不肯演，他还会找我吗？等着上戏的人可不是一个两个呢。"

"叶眉姐，"伊蓝听她这么说，真有些为难了，只好说，"我真的怕我演不好，我在这方面一点儿经验也没有，而且，我真的很怕。"

"不去试一下怎么知道呢？"叶眉从包里拿出剧本来，"这是剧本，你先拿去看看，看看有没有感觉，有感觉了我们再去试试。聪明的人是不会放过摆在自己面前的任何一个机会的，你说呢？"

"那……好吧。"伊蓝万般无奈地接下了剧本。

整个晚上，伊蓝都趴在宿舍的床上看叶眉给她的剧本。宿舍的灯熄了，就用手电筒看。毫无疑问，这是一个动人的故事。故事讲述的是一个孤女的成长。倔强的女孩蓝蓝来自农村，在五岁的时候就失去了双亲被送到了孤儿院。后来，女孩被人领养，成了城里人，受到了很好的教育。十七岁的她在一次偶然的机会下主演了一部影片，并因此而成为万众瞩目的新星。然而，女孩却在名利面前迷失了自己，伤害了一直爱着她的人，也失去了许多青春少女本该拥有的幸福……

故事的名字叫《校服的裙摆》。

伊蓝看完已经不知道是夜里几点了，泪水爬满了她的脸颊。她缩到被窝里，咬住双唇，不让呜咽声在夜里扩散开来。

她也终于明白，为何程凡一定要让自己来演这部戏。

程凡无疑是聪明的。叶眉也是。这个角色，应该是她的。

第二天一大早，程凡的电话就打过来了，伊蓝对着听筒只说了一句话："我想，我可以试试。"

"很好。"程凡说，"你把手头的那些活儿都辞了，我今晚就带你试镜。"

冬天来了他也来了

冬天来了。冬天是伊蓝最不喜欢的季节。北京的冬天，除了冷，还是冷。

伊蓝开始正式进入剧组，学校的好多课都没法正常上了。有时候她走在校园里，会有人指着她说："那是伊蓝，章子怡第二哦。"

伊蓝根本就没想成为什么第二，事实上没过几天，伊蓝就后悔了，因为她发现自己站在镜头面前，根本就不知所措。

她怕镜头。

十七岁那年留下的后遗症。

程凡气恼地说："根本就不在状态。"

叶眉说："亲爱的，你要轻松点。"

伊蓝说："不行。"

"先别拍了。"程凡说，"你先好好看看剧本，参加一些活动，感觉到位了我们再拍也不迟。"

“我不行的，”伊蓝说，“换人吧。”

叶眉一把将她拉到一旁，骂她说：“别动不动就换人换人，我告诉你伊蓝，你必须给我坚持。”

“不拍了。”伊蓝还是说。

“合同都签了，你以为是儿戏？”叶眉气极了，“别想这么多了，晚上我带你参加一个圈内的酒会，让你认识一些朋友，结束后到我家看片子去，我陪你找感觉。”

伊蓝欲哭无泪。

酒会在一个五星级酒店举行，伊蓝穿了叶眉替她买的新衣服，化了妆，有点别扭，从进门后，就一直低着头。

她根本没有想到会再见到他。

酒会上明星荟萃，一张张光彩照人的脸在周围出没。叶眉拉着伊蓝在人群里穿梭，一抬头，伊蓝就看到了他，西装革履，正与别人谈笑风生。伊蓝只觉得全身犹如被闪电击中，刹那间不能动弹。

“怎么了？”叶眉问。

“我头疼。”伊蓝慌乱地说，“我要回去了。”

“还要见记者呢。”叶眉说，“程导都替你安排好了，今天的记者可都是有来头的，就那些问题，你先准备一下，不要讲错话。”

“我真的要回去了。”伊蓝挣脱叶眉，急匆匆地往外走，“你不用送我，我自己打车就可以了。”

“伊蓝！”叶眉追上来拉住她，“你可不可以不要这么任性？”

伊蓝有些生气地说：“程导答应过我，不愿意接受的采访都可以不接受，你们不能说话不算话！”

“那你在这里等等。”叶眉说，“我得去请示一下程凡，看他同意不同意你回去。”

“好吧。”伊蓝说，“我在门口等你。”

叶眉进去找程凡了，伊蓝走到大门口等车。其实不管程凡同意不同意，伊蓝知道自己是一定要走的，她无论如何也不能留在这里，无论如何。

五分钟过去了，叶眉仍然没有出来。

寒风吹得伊蓝的脸生疼生疼。酒店的侍应生问伊蓝：“要叫车吗？”

“好的。”伊蓝说。

正说着，一辆黑色的车在伊蓝的面前停了下来，车窗被摇下来，里面的人替她把车门打开，说：“上车。”

伊蓝站着没动。时光忽然回到十七岁那年，伊蓝穿了条小小的白裙子走出小区，他的车从后面无声无息地跟上来，然后他说：“上车，我送你去医院。”

那是十七岁的夏天，穿黑色校服裙的永不回来的夏天。

见伊蓝呆在那里，他又说：“不想被拍就快点。”

伊蓝这才反应过来，快速坐进车里。车子出了酒店不久，就开始在四环路上飞奔，至于他将带她去哪里，伊蓝不想管不想问。

良久，他问伊蓝：“可好？”

就这两个字，让伊蓝的泪猝不及防地流下来，止也止不住。他抽了纸巾，递给她，温和地说：“一见我就哭，这么不给面子？”

伊蓝只是哭。

不知道过了多久，车子终于在郊外停了下来。天黑了，远处的灯光开始一点一点地亮起。他对伊蓝说："这里空气不错，下来走走？"说完，他先下了车。他走到车子这边来，替伊蓝拉开车门说："来。"

伊蓝低着头下了车，他就站在伊蓝的面前，对她说："我们有多久没见了？两年，还是三年？我老了，不记得了。"

伊蓝一拳朝着他的胸口打去，这一拳打得突然，他差一点儿没站稳。伊蓝还不罢休，又扑上去打，他终于抓住伊蓝的双手，喘着气问："小丫头，你想干什么？"

手不能动了，伊蓝就用脚踢，心里的恨，只有这样才可以得到排解。

他终于拥伊蓝入怀，拍着她的后背，如哄一个孩子。"好了，好了，别这样，好不好？"

他黑色的西装散发出让人安定的诱惑，伊蓝人安静了，泪却又来了，很快就沾湿了他的衣襟。她紧紧地抱着他，生怕一松手，他又会从她面前凭空消失。

他叹息，迟疑了一下，伸出手抚摸伊蓝的长发，有些无奈地说："还是个孩子。"

那晚，她跟着他回他北京的家，在远郊，别墅区，亭台楼阁，豪华得不像样。丁丁不在，客厅醒目的地方放着丁丁的很多照片。他告诉她丁丁在南方读书，现在跟他妈妈住在一块儿，常常会念叨章老师和伊蓝姐姐。

在他的豪宅里，伊蓝一面听他说话，一面拘谨地站着。他招呼伊蓝坐下，问她："你妈妈可好？"

"你为什么要走？"伊蓝问他。

"我的生意。"他在伊蓝对面坐下说，"要知道，很多时候我身不由己。"

"不是这样子的。"伊蓝说。

他逃开伊蓝的目光，给自己倒一杯茶，慢慢地说："小孩子不要瞎想。"

"我快二十岁了。"伊蓝说。

他笑起来："你就是五十岁，在我面前依然是个孩子。"

伊蓝绝望地说："我欠你的，一定会还给你。"

"你欠我什么？"他并不接招。然后他点燃了一根烟，走到窗口，看着外面说："真想不到冬天还可以看到这么多星星。"

伊蓝走过去，从背后抱住他，脸贴着他的肩，不说话。

他只是吸烟。

不知道过了多久，伊蓝终于放开他，走到门口，换鞋，离去。走出单立伟的家门，伊蓝仰望天空，真的有很多很多的星星，高而冷清地挂在天空。小区的保安喊住她说："请问是不是伊小姐？等一下，出租车马上就到。"

伊蓝把毛衣的领子竖得高高的，等车。她发现自己心底居然还盼望他会开着车出来，对她说："来，我送你一程。"

但他没有。他只是替她叫了出租车。

这样的重逢，在梦里盼了多次，真正来了，却也像梦一样。

夜里十二点，伊蓝敲开叶眉家的门。叶眉也刚回家，还来不及卸妆，看到是伊蓝，她有些吃惊地问："你去哪里了？我一出来你就不见了，手机也不开。"

"有酒吗？"伊蓝径直走到房间里。

"在酒柜里，自己拿。"叶眉说。

也不知道是什么酒，伊蓝拧开来，猛灌了几口。叶眉耸耸肩说："丫头，那瓶酒一千八，你挑瓶便宜的行不行？"

伊蓝把酒瓶扔到一边，对叶眉说："你告诉程导，我现在进入状态了，明天开拍。"

"好像是真的。"叶眉看着伊蓝红扑扑的脸，胸有成竹地说，"你这丫头，我估计你是失恋了。北大的臭小子敢对你不好，我替你收拾他！"

"烟。"伊蓝伸出手说。

叶眉嘲笑她："还没当明星呢，明星的坏毛病却都有了。"但还是把烟递给她，并替她点上。

伊蓝根本不会抽烟，放入口中一吸就咳得昏天黑地。叶眉只是同情地看着她，并不阻拦。

咳完后，伊蓝又赌气似的猛吸了一口，只因为她很想知道，吸烟会是一种什么样的感觉。她真的很想抓牢一些东西，而不是像从前一样徒然地放手。

她和他，不是一个世界的人，以前不是，现在也不是，但是伊蓝想，她可以迁就，并费力进入他的世界。这样也许会丢失一些什么，但其实并没有什么关系，因为她本来就两手空空，一无所有。

我只为你泪落成海

萌萌又来信了，信中这样说：

亲爱的伊蓝：

你好。我一直没有收到你的回信，于是我想，也许你一直都不愿意原谅我。不过没有关系，我想我有足够的耐心，等待你重新对我绽放笑容的那一天。你拍戏的事情我知道了，这边的报纸上，已经有关于那部戏的报道。知道你万里挑一被选中，我真为你感到高兴。你知道吗？我那天拿着登着你照片的报纸，见人就吹嘘说：这个是我高中时的好朋友呢。吹到后来，我都哭了，因为我不敢去想，我们是不是真的还是好朋友。

伊蓝，你是不是还在恨我呢？

我想告诉你，我终于明白什么叫《阿姐鼓》了，据说这种鼓，竟是用少女的皮做的，听上去，是不是有些残忍呢？

这些，都是远在西藏的卜果告诉我的。

卜果还告诉我，他现在很幸福。

我想，如果我们都是幸福的，那该有多幸福。

所以伊蓝，祝你幸福。

真的，一定要幸福。这样，我就安心了。

还有，如果你愿意，来我这里看海，我等你。

爱你的萌萌

萌萌的信是用洁白的信纸写的。从高中起，她就喜欢这种纯白的信纸，没有图案，没有香味。那时候，她在上课的时候偷偷地给网友写信，伊蓝要把书竖得高高的，替她挡住老师的目光。下课后，两人一起到操场上吹风，聊天，发牢骚。

这一切，因为卜果事件，在高三的时候戛然而止。

友谊的脆弱，个中的缘由，成为紧张的学业后大伙儿津津乐道的谈资。

伊蓝的泪一滴一滴地落在信纸上。其实，她从来就没有恨过萌萌，所以原谅不原谅的话题根本也无从谈起，她不回信，只是因为不知道应该说什么，或者说，不知道应该怎么说才恰当。

把萌萌的信揣进大衣口袋，伊蓝赶去片场拍戏。为了让她能兼顾学业，程凡特意安排了车接送。司机是个四十多岁的中年男子，大家都叫他小马哥。小马哥对伊蓝很客气，伊小姐伊小姐地叫个不停，还说他见过的演员成千上万，他绝不会看走眼，伊蓝绝对会成为大牌明星。

和他熟了，伊蓝有时也开开玩笑，装作恶狠狠地说："成不了大牌我可找你算账！"

"找我，找我！"小马哥说，"有啥事儿都可以找我。这以后，谁敢欺负伊小姐，小马哥可不答应。"

伊蓝却走神了，脑子里在想，要是真像小马哥说的那样，他看她的眼光，会不会从此不一样？

伊蓝就这样恍恍惚惚地到了片场，发现童小乐在等他。叶眉笑嘻嘻地说："我还记得他，小时候就是你的小跟班，样子都没怎么变，就是个子高了些。"

"人家是北大的高才生了，"伊蓝说，"可不能小瞧。"

"伊蓝你过来一下，我有话跟你说。"童小乐把她拉到一边。

"什么事？"伊蓝问。

"你妈妈看到报上的报道，知道你现在在拍电影了。"

伊蓝看着自己的脚尖说："她不高兴了，是吧？"

"她不太好。"童小乐说，"她让我给你带话，要么放弃拍电影，要么就彻底和她断绝母女关系。"

伊蓝的心滚过一阵尖锐的疼痛，无力地说："我真不明白，她为什么要这样子。"

"她有病，想法自然多一些。"童小乐说，"你要体谅她。"

"怎么体谅？你告诉我！"伊蓝有些激动，"我就算对她言听计从，她也未必会满意。我真的很累，一想到她我就累得气都喘不过来，你知道不知道？"

"伊蓝,"童小乐说,"你别激动。我的意思是你应该多过问一下她的生活，体谅一下她的孤独。你说呢?"

"伊蓝，好了没?"叶眉在那边扯着嗓子喊。

"好了，小乐。"伊蓝努力让自己镇定下来,"对不起，我得开工了。"

"我可以看你拍戏吗?"童小乐问。

"拜托啦!"伊蓝推他出去说,"你在现场我会放不开的啦。"

"就让我看看嘛。"童小乐像个孩子。

"不行!"伊蓝坚决地说。

"唉!"童小乐叹气，听话地走出门去。伊蓝觉得有些过意不去，于是又追出去喊住他说:"小乐，等拍完戏，我请你吃面条去。"

童小乐冲她笑，一如童年的纯真。伊蓝举起手来，跟他说再见。他却把手心放到唇边，出乎意料地抛过来一个飞吻，挤了挤眼睛，转身大步流星地走了。

在伊蓝的记忆里，童小乐好像从没有过这种油滑的行为。看来，大都市对人的改变真的是不可忽视的。

其实，伊蓝之所以坚持不让童小乐留下来，除了剧组有规定外，最重要的原因是那一天有场吻戏。

见伊蓝心神不定，叶眉偷偷问伊蓝:"不会是初吻吧?"

"找替身行吗?"伊蓝说,"我有些怕。"

"蜻蜓点水，怕什么。"叶眉说,"接个吻就这样，下面还有别的，我看你怎么办!"

"剧本上没有!"伊蓝跳起来。

“后来加的。”叶眉说，“不过你放心，会处理得很美的，还要捧你做青春玉女新掌门呢，程导不会做傻事的。”

“我像上了贼船。”伊蓝没好气地说。

“这是艺术，别乱讲！”叶眉给她打气，“你一定行。”

“准备开拍！各就各位！”程凡在那边高喊。

一个临时搭建的舞台上的灯光亮起，男主角杉籽伽抱着吉他坐在台上。随着音乐声响起，女生们开始不断地尖叫。伊蓝坐在台下的一个角落，喝着一杯柠檬水，静静地听歌。杉籽伽是个很帅气的小伙，他是歌手出身，歌而优则演，拍这部戏的时候在国内已经小有名气。伊蓝第一眼看到他的时候吓了一跳，因为他长得真的很像卜果。这天，杉籽伽在台上弹唱一首很好听的歌，歌词和旋律都很深情，是伊蓝喜欢的那种：

终于你还是离开了我，
带走了爱，带走了承诺。
早已预料的结果，一幕接一幕，
我们的故事被时间淹没。
孤单的时候回忆它陪伴着我，
起风的时候我总是站在窗口，
想着你的长发在风中飞动，
想着你的背影在落叶中走远。
我的心啊，你何时才明白它，
我的爱啊，让苍天来证明吧。

我会在天涯，等冬天的冰融化，
我要陪着你，像从前一样傻。
茫茫人海，上天安排，
我只为你，泪流成海。
缘去缘来，花谢花开，
像风的你，自由自在……

杉籽伽唱完，在众人的掌声和尖叫声中走下舞台，问伊蓝："喜欢吗？这首歌是我专门为你写的。"

伊蓝无言地看着他。

然后，按剧本，杉籽伽会说："你别这样看我，你再这样看我我就吻你！"说完，他就一把抱起她来，吻住她。然后，伊蓝再一把推开他，向外面跑去。

现场安静极了，只听见杉籽伽说："你别这样看我，你再这样看我我就吻你！"

还没等他有下一步动作，伊蓝却已经站起身来往外飞奔。

"停！"程凡气急败坏地说，"搞什么！"

叶眉笑得跟什么似的，被程凡瞪了一眼。

"再来，吻完才可以跑。"程凡说，"蓝蓝看杉籽伽的表情再显得无辜些，杉籽伽的对白还要更深情些！"

"OK！"杉籽伽对伊蓝说，"准备好没有？"

伊蓝按住狂跳的心点点头。

"那我们再来，你不要紧张。"杉籽伽轻声安慰她说，"放心，我只是做做样子而已。”

现场又安静下来，随着导演的一声“开始”，杉籽伽再次对着伊蓝深情地说：“你别这样看我，你再这样看我我就吻你！”

可没等杉籽伽说完，伊蓝已经又如惊慌的小鹿，跳起来就往外跑了。

这回所有的人都禁不住笑了起来，除了程凡，气愤地问：“伊蓝你怎么回事呢？还要不要拍了？”

“程导，这是伊蓝的初吻呢。”叶眉连忙替她解释。

“先拍别的戏！”程凡说，“像她这样跑来跑去谁吃得消，这场戏明天再说！”

“躲得过初一躲不过十五。”中午吃盒饭的时候，叶眉就劝伊蓝说，“不管怎么说杉籽伽同志也算个帅哥，让他吻一下，你也不吃亏嘛，何苦非要让程导找人来给你做心理辅导呢？你说你这是累还是不累呀？”

“下午是不是没我的戏？”伊蓝说，“好像都是你的戏。”

“你想干吗？”叶眉问。

“我想出去走走。”伊蓝说。

“也好，去散散心，好好想想。晚上有重头戏，七点你一定要赶回来。”

“好的。”伊蓝说。

小马哥按伊蓝所说的地址把她送到目的地，看着周围的环境，小马哥啧啧赞叹说：“这才是真正的富人区！不过伊小姐只要拍完这部戏，在这里买栋房子是不费吹灰之力的呀。”

伊蓝下了车，说："小马哥，谢谢你送我来，你先走吧，我待会儿自己回去。"

"伊小姐要在这里待很久吗？"小马哥说，"程导吩咐我七点前要把你带回去的。我等你，没事的。"

"不用了，我七点前肯定回去。"伊蓝说，"你走吧。"

看着小马哥的车开走，伊蓝转身在门口登记，这样才能进入小区。保安还是上次那个，好像认出了她，冲她直点头。伊蓝把手揣在大衣口袋里，慢慢地走到那幢别墅前，不知道他在不在，犹疑了一会儿，还是伸手按了门铃。

门开了，开门的人是他。见了伊蓝，表情有些吃惊。

"不欢迎我吗？"伊蓝问。

"哪里。"他让开身子说，"请进。"

伊蓝进了门，弯腰换鞋。他站在伊蓝身后问："拍戏不忙吗？"

"忙。"伊蓝说。

"那你还来？"

"你别赶我走。"伊蓝回身看着他说。

"瞧你说的，"他说，"我欢迎还来不及呢。"

"真的？"伊蓝看着他的眼睛问。

他躲闪开，走到屋内说："天冷，来，我给你泡杯热茶喝！"

"不要！"伊蓝伸出手，拦住他，"我不喝茶。"

"那……"他说，"你要什么？"

"我要你吻我。"伊蓝坚决地说。

"嘿，"他摸摸眉毛，有些尴尬地说，"丫头你今天怎么了？"

伊蓝站在他面前，背着手，踮起脚尖，把眼睛闭了起来。而他的吻，一直都没有落下来，落下来的，只是伊蓝晶莹的眼泪。他伸出手，温柔地替她擦掉泪水，轻声说："傻丫头，你别逼我犯错误啊。"

"我不想把初吻给别人。"伊蓝说，"你放心，我心甘情愿，绝不会纠缠。"

他放开伊蓝，坐到沙发上说："其实，你不应该去接这部戏。我并不愿意你进入这个圈子，太多的是非，你应付不来的。"

伊蓝走近他，在他面前蹲下来，头枕在他的膝盖上，轻声说："只要你说一声不，我就不拍了。"

"事到如今，我无法替你做主了。"他抚摸着伊蓝的长发说，"但我建议你拍完这部戏，以后就不要拍了。"

"你以什么样的身份跟我说这样的话呢？"伊蓝抬起头，勇敢地问他。

"你的长辈，好朋友。"他说。

"十七岁那年，我遇到一个很帅的男孩，我曾经天真地以为，那就是爱情。"伊蓝再次将头枕在他的膝间，伤感地说，"直到我遇见你，我才知道，什么叫作安全感，那是一颗一直流浪的心，可以停泊的港湾。只是我不敢走近，唯恐那是梦境。重遇让我相信缘分，我对自己说，不可以丢掉，我要幸福。我要拥有我的幸福，单先生，请不要太残忍，好不好？"

伊蓝的话让单立伟没法不动容，他扶起伊蓝来，让她靠着他坐着，看着她充满了泪水的大眼睛，将一个深情的吻印在她的额头。

幸福终于排山倒海而来，伊蓝只感觉天旋地转，无法自拔地沉沦，脑子里刹那间浮出的竟是杉籽伽的歌词：茫茫人海，上天安排，我只为你，泪落成海。

我只为你，泪落成海。

就算是被淹死，也无怨无悔。

最后一场戏

伊蓝爬上高高的楼顶，风吹起她的裙摆。她一步一步，走得艰难。

头顶上，是一片美丽得让人无法言语的星空，星星一动不动，冷冷照耀着一个女孩的孤单和无助。

手机蓝色的屏幕闪了一下。短消息说："你是天上最远的那颗星星，对我。请原谅我无法爱你，只能远远观望。"

伊蓝拨通那个电话，冰凉的嘴唇贴着手机，柔声问道："你有没有在看星星？"

过了好一会儿，一个生硬的男声才答道："没有。"

"今晚的星星很漂亮。"

"你应该早睡。这对你的身体有好处。"

"是的，这就睡了。"

"……再见。"

"再见，我爱你。"伊蓝对着手机，吻了一下。

那边咔嗒一声挂掉了。

伊蓝将手机奋力扔向远方，手机在空中画出一道漂亮的弧线，然后开始直直地坠落。差不多是同一秒钟，伊蓝伸开双臂，沿着和手机相同的轨道飞行。

美丽的裙摆，如同鸟儿张开的翅膀。

咚的一声巨响后，屏幕暗掉，字幕慢慢出现：十一月八日凌晨一点，因主演《校服的裙摆》而红透大江南北的少女明星蓝蓝从二十九层的高楼跳下，自杀身亡，享年十九岁。

紧接着，优美的主题歌响起：

天很高
我想要飞上天
抓一颗蓝色的星星
许下我的心愿
你总说我太贪恋
贪恋这青春的誓言微薄的信念和看也看不到的永远
十七岁
下着雨的夏天
你住进我心里面
告诉我什么是思念
雨总下得太缠绵
缠绵那褪色的书签
儿时的玩伴和回也回不去的昨天
离开吧
星星说离开是为了永不忘却的纪念

离开吧
花儿说舍得才会拥有最真实的笑脸
我想我会藏好我的伤
如你所愿
在太阳出来的时候
把所有孤单统统晾干
我想我会忘了你的好
走过陌生的街角
用校服的裙摆
和你说最坚定的再见
用校服的裙摆
和你说最美丽的再见
……

歌声停止，全场灯光亮起，长达十秒的寂静之后，四周响起了雷鸣般的掌声。这是影片《校服的裙摆》的首映式。程凡紧紧地抱住伊蓝，在她的耳边说："太棒了，亲爱的，太棒了！你无疑是今年影坛最亮的一颗新星，我为你骄傲，为你自豪！"

叶眉也向伊蓝伸出手说："恭喜你。"

伊蓝接受完众人的道贺后走到僻静处，拨通了家里的电话。不知道为什么，此时特别想她，想要让她分享自己的喜悦。她接了电话，伊蓝问："妈妈，你好吗？"

"还行。"她说。

“过阵子我接你到北京。”伊蓝说，“你不是说没爬过长城吗？我陪你去。”

“大明星有这个空吗？”她讽刺地说。

“陪妈妈，还会没空吗？”伊蓝好脾气地说，“你要照顾好自己，我很快来接你。”

“谢了。”她冷漠地说。

首映式后，影片开始陆续在全国放映，票房一路上扬。这部被称为“青春疼痛剧”的青春戏，犹如给一向平淡的国产片市场打了一剂强心针，青春美丽的伊蓝在一夜之间成为少男少女的偶像，片约不断，身价倍增。而叶眉也因为在这部戏中出色的表演，再度受到观众的喜爱和肯定。

之后便是马不停蹄的宣传，终于有一天经过家门。其实在前一天，伊蓝已经跟她打过电话。她说：“你不用回来，我晚上有课，没空接待你。”

不见就不见吧，伊蓝当时想，见了也是怄气，何苦呢。但汽车经过那条熟悉的街道的时候，伊蓝还是忍不住对吴姐说：“停车，我要回家看一下。”

“晚上有通告，”吴姐说，“完了再回家不行吗？”

“不行，通告完了我妈妈要睡觉了。”伊蓝说。

“那让你妈妈去现场见你。”

“我只要五分钟。”伊蓝说。

车子在伊蓝家楼下停了下来，伊蓝飞快地跑上楼，用力地擂门。门开了，她见是伊蓝，吃了一惊，问：“怎么是你？”

“我来喝水。”伊蓝平静地说，“我渴了。”她一面说，一面走进了客厅。

“自己倒。”她在伊蓝的身后懒懒地说。

茶几上，伊蓝以前常用的那个淡绿色的杯子还在。伊蓝用它倒了满满的一杯水，一口气喝了个精光。她坐在沙发上看着伊蓝做这一切，并不说话。

楼下的车已经在按喇叭，伊蓝说：“我走了，你多保重。”

她低声说：“离开这个家，就永远不要再回来。不过我不担心你，你有的是本事，我祝你飞得越来越高。”

“你错了，这里是我的家，所以我肯定会回来。你是我的亲人，从你领养我的第一天起，这已经成为改变不了的事实。”

她冷笑：“别抬举我，我哪有那个福气。”

“再见，妈妈。”伊蓝说完，把杯子放回茶几上，转身大踏步地出门，离开。

在全国转了一大圈才得以回到北京，庆功宴上，程凡满面笑容，对伊蓝说：“下一部戏，我已经在替你筹拍，王姐会做你的经纪人，她很能干，我相信你会喜欢她。”

“我想退出。”伊蓝说，“至少，我想休息一下。”

“趁热打铁。”程凡说，“你有做艺人的天分，浪费了实在太可惜。你还可以做得更好，要相信自己。”

伊蓝用余光看到了他，他也是今晚的嘉宾。

这些天伊蓝一直在忙，差不多有半个月没有见上他一面。伊蓝匆匆地敷衍了程凡两句，躲到角落里给他打电话，直截了当地说:“我们走，好不好?”

“稍等,”他说,“我还有些事情要办。”

“不要。”伊蓝说。

“乖,”他说,“等我办完事，我请你吃夜宵。”他好像真的是有事，说完之后，匆匆收线。

叶眉举着酒杯走过来，对伊蓝说:“怎么，躲在这里跟小男朋友打电话?”

“没有的事。”伊蓝收起电话说,“我哪有什么小男朋友。”

“杉籽伽不错啊。”叶眉用端着酒杯的手指着前方说,“人帅，歌又唱得好，形象又健康，而且我看他对你也挺照顾的，反正你的初吻也给他了，不如就假戏真做吧。”

“谢谢了，你这么欣赏他，还是留给你吧。”想到晚上的夜宵，伊蓝心情大好，于是跟叶眉开起玩笑来。

叶眉哈哈大笑道:“我对他来说是阿姨级的了，怎么行?”

“现在流行姐弟恋嘛。”伊蓝说。

“死丫头。”叶眉重重地拍了伊蓝一下，附到她耳边说,“不瞒你，我有了新目标。”她一面说着，手一面往前指,“看看，是不是够味道?”

“谁?”伊蓝颤声问。

“他叫单立伟，做房地产起家的，现在身家过亿了。离过一次婚，有一个儿子。”

“怎么,”伊蓝问,“你难道想追求他?”

“还不知道谁追谁呢。”叶眉娇俏地笑着，接着又叹口气说，

“在这行混久了，也累了，找准目标嫁了算了，市场要留给你这样的新人，我这样的老家伙，也该歇歇了。”

伊蓝说:“你怎知他一定肯娶你?”

“男人嘛,”叶眉说,“我可比你了解，呵呵。”

“你们认识吗?”

“算比较熟。”叶眉说,“其实三年前就认识了，喝过几次酒，打过几次保龄球。”

“是吗?”伊蓝说,“真巧，我跟他也是三年前就认识了。”

“啊?”叶眉惊讶地说,“哦，对对对，我想起来了，他刚刚离婚那会儿，去你们市里生活过一阵子。不过你们是怎么认识的?”

“我是他女朋友。”伊蓝说。

“哈哈哈。”叶眉哈哈大笑，她死命地拧了伊蓝的脸颊一下，“小丫头不许瞎说，当心被记者听见，乱爆料哦。”

“我没有瞎说,”伊蓝很认真地说,“我真的是他的女朋友。”

叶眉不知道是信还是不信，表情奇怪极了，她看着伊蓝，像是忽然看到了一个外星人，五官都错位了。

伊蓝若无其事地别过头去。

窗外，叶子绿得晃眼，她这才恍然感觉到，夏天又来了。没想到季节的更迭，竟是如此地快速、突兀，令人怀疑。

发生了

伊蓝终于有了自己的家。

两室一厅的小居室，在城郊，离学校不远的地方，用自己拍片子的钱买的。成名了，才知道钱来得有多容易，仿佛会自动从天上掉下来一般。有了王姐替她打点一切，伊蓝在学习和工作之间游刃有余，自在轻松。

有空的时候，她跟他约会。

“你太完美太纯洁了，”他总是对伊蓝说，“我怕我会害了你。”

“给我家。”伊蓝让他的掌心贴着自己的面颊说，“我不在乎名分，只要在一起，就可以了。”

“傻丫头，那可不行。”他吻伊蓝的额头。长久以来，这是他和伊蓝之间最亲密的动作。不过伊蓝无所谓，她有足够的耐心等待。四年，八年，十六年，三十二年，在爱的长河里，时间变成最无用的东西。

想要身心清静的时候，伊蓝喜欢去“三杯水”。纪姐总是给她留着角落里靠窗的位置，再亲手替她泡上一杯香浓的咖啡。有一次他兴致来了，居然到“三杯水”里坐着等她，一杯红酒，阳光淡淡地照在窗帘上，他凝视窗外，那场景对伊蓝而言犹如画般美丽。

他们并不常在一起，他有他繁忙的社会活动。而伊蓝为了尽快把章阿姨接到北京来治病，已经准备接新戏。虽然知道他不是很高兴，但伊蓝没有办法。在经济上，伊蓝希望自己是独立的，这样才会安心。

这一天，是星期三的午后，“三杯水”里客人稀少。

伊蓝坐在靠窗的位置读报。

娱乐版的头版头条是：两代玉女争夺富商，谁输谁赢，扑朔迷离。

旁边配有记者偷拍的模糊的照片：伊蓝和单立伟走进他的豪宅时的背影，叶眉和单立伟在酒吧幽会，谈笑风生。

伊蓝将报纸扔到一边。

纪姐打着哈哈把报纸捡起来，笑着对她说：“别介意，炒作嘛，只有这样，你的戏才会有人看啊。”

“对不起，我先走了。”伊蓝迅速地跑出去，在大街上，拦了一辆出租车，直往单立伟的家奔去。

到了他家，伊蓝疯狂地按门铃，单立伟来开门，他昨晚不知道几点才睡，竟然到现在还没起床，穿着睡衣，脸上有很深的倦意。

门在他们的身后关上。伊蓝转身，紧紧地抱着单立伟不放。

“怎么了？”单立伟睡意全无，“又怎么了？”

“我怕你走掉了。”伊蓝说。

“呵呵，别一大早发神经。”单立伟拍着她的背，像哄孩子一样地哄她。

“你发誓你永远都不会再消失，你发誓，你发誓……”伊蓝一声一声地说。

“好的，我发誓。”单立伟温和地说。

“还没吃午饭吧？”伊蓝说，“我下面条给你吃可好？”

“好的。”他说，“谢谢。”

伊蓝下好面条出来的时候，他已经换上西装，坐在餐桌边看报纸。伊蓝把面条端到他面前，有些紧张地观察他的表情，却看不出任何意思来。

“真香。”他端过面条，开始狼吞虎咽。

面条和作料，都是伊蓝上次在超市买了后送过来的，他一般不在家里吃饭，只有一个钟点工负责打扫卫生。

“我不介意的。”伊蓝说。

“你说什么？”他从面碗上抬起头来。

“我说我不介意的。”伊蓝拿起餐桌上的报纸说，“他们怎么说，我都无所谓。”

单立伟却出乎伊蓝意料地说：“不，你应该介意的。”

“为什么？”伊蓝一时不明白。

“因为只有你介意，才说明你真正在乎。”

姜还是老的辣，伊蓝自知不是他的对手，只好狼狈地转开话题，看着窗外说：“今天天气不错哦。”

他笑，提醒她说："窗帘拉起来，当心又被偷拍。"然后就专心吃面。一碗面很快被他吃得精光。伊蓝将碗端到厨房里去洗，他站到厨房门边，点燃一根烟，问道："做明星和做饭，到底哪个更有意思？"

伊蓝聪明地回答："那要看替谁做饭。"

他的表情甚是得意。

这时，他的手机响了，他很干脆地关掉了，对伊蓝说："今天专心陪你，可好？"

伊蓝也不示弱，把手上的水擦干净，从包里把自己的手机拿出来，也干脆利落地关了机，俏皮地说："要知道，并不是单总一个人忙。"

单立伟呵呵笑起来："学得倒是快。"

"有点无聊。"伊蓝说，"我们应该干点啥？"

"哦，对了。"单立伟拍拍脑门，从里屋拿出一张碟片说，"程凡送我的，我还没认真看过呢。"

那是伊蓝主演的《校服的裙摆》。

"不行，不行，绝对绝对不能看！"伊蓝着急。她不能让他看到别的男人吻她，甚至和她在一张床上翻滚的镜头，尽管那些镜头被程凡处理得美轮美奂，也不能！

"让我看看，看看你演技到底如何，是不是像外面吹的那么厉害。"单立伟抓着碟片不松手，伊蓝去抢，两人在地板上滚成一团。单立伟终于成功地压住了伊蓝，将她的双手定在头顶，不让她动弹。两人四目相对，电光石火，世界整个消失。伊蓝喘着气闭上眼睛，她知道她等待的那一刻终于到来了。

他却忽然翻身起来说："好啦好啦，不让看就不看啦。"

伊蓝一把拉住他的身子，将唇主动地印在了他的唇上。

一切结束的时候，是黄昏。

伊蓝到浴室里洗了澡出来，穿上衣服，化了个较浓的妆，靠在浴室门边问他说："晚上到哪里吃饭？"

他有些无奈地说："我可不想再上明天的头条。"

"躲不过的。"伊蓝将窗帘的一角轻轻掀起，"难保现在外面就没有好事之徒。"

"伊蓝，"单立伟用手臂圈住她问，"你愿不愿意跟我走？"

"去哪里？"

"欧洲。"单立伟说，"等你大学毕业，我们结完婚就走。我在那边有房子，你会有家，不会吃苦。要是你妈妈愿意，我们带她一块去，欧洲的气候适合她。"

"好的。"伊蓝毫不犹豫地说。

"下面这部戏拍完后，别拍戏了。"单立伟说，"我不喜欢。"

"是。"

"这一年，我们低调些，不要给媒体机会。"

"嗯。"

单立伟抱紧了伊蓝，在她耳边低语："你放心，我承诺，我会给你最想要的幸福。"

回归

那天的通告是晚上八点，伊蓝到的时候，已经迟了。

王姐不高兴地对她说："你不能关手机，知道不？有事都找不到你。"

"哦。"伊蓝答。她看到叶眉，新戏里原来也有她的角色。叶眉走近她说："伊蓝，又要合作啦。"

"还要你多指教。"伊蓝说。

"瞧这张嘴，多能说。"叶眉笑起来，"你说程大导演是不是有眼光，非要让我们再到一起拍戏，这戏想不红都难啊，你说是不是？"

"是。"伊蓝笑着说。

"你们上过床了？"叶眉忽然低声问，"现在拍床戏，是不是不会那么生疏了？"

伊蓝觉得恶心，只能转身走开。王姐跟过来，在她耳边说："那个女人心理不平衡，她一向这么神经质的，你别理她。"

"我希望和她的对手戏少一些。"伊蓝说，"你跟程导说是我要求的。”

王姐说：“忍忍吧，都是为了票房。”

“你不说我自己去说。”

“好好好，”王姐说，“我去说我去说。”

就在这时，伊蓝的手机响了，那边传来的是童小乐的声音：“小三儿你在哪里？我有要紧的事告诉你。”

“小乐，有事就在电话里说吧。”伊蓝轻声说，“我现在脱不开身。”

“你妈死了。”童小乐说。

四周好像轰的一声安静了下来，伊蓝摇摇晃晃怎么站也站不稳，时光一下子回到伊蓝七岁那一年，童小乐从河的那头狂奔而来，近了，他喘着粗气，瞪着眼睛，哑着嗓子对她说：“小三儿，你妈死了。”

“她开了煤气，自杀。”电话那边，童小乐继续说。

伊蓝当场昏倒在地上。随着周围人发出的尖叫声，无数的记者蜂拥而至，对着伊蓝就是一阵狂拍。王姐慌忙挡住镜头，小马哥背起伊蓝冲出重围，把伊蓝放上了程凡的车。伊蓝在车里醒过来，努力撑起身子说：“我的电话呢？我找个人。”

“找什么人，先看病再说！”程凡听说情况也着急，跟着跑过来了，“紧接着工作多着呢，身体重要！”

“我没病！”伊蓝冲着程凡喊。

“丫头，这么凶干吗？”王姐骂她。

“我妈死了！”伊蓝冲着王姐喊，“我妈死了，我妈死了，我妈死了！”

看着声嘶力竭泪流满面的伊蓝，车上的程凡、王姐、小马哥都惊呆了。手机铃声又响了起来，王姐好不容易在伊蓝的包里找到电话，替她接了，告诉她是童小乐，伊蓝却不肯接了。王姐只好对着电话说：“放心吧，她没事，我们会照顾好她的。”

一旁的程凡吩咐小马哥：“马上开车，把伊蓝送到机场，坐最早一班飞机回去。你和小王陪着她去处理后事，有什么需要随时告诉我。”

“放心吧，”小马哥说，“交给我。”

凌晨时分，伊蓝回到了家中。房间里，还有没有散尽的煤气味。

秦老师一把抱住几近虚脱的伊蓝说：“我也是才赶到。她没有遗书，但警方断定十有八九是自杀。”

“她不原谅我。”伊蓝说，“她想要让我一辈子不得安心。”

“别这么说，人都走了。”秦老师劝她说，“她也是有病，没法子的事。”

“我要接她去北京，还要接她去欧洲。我一直在跟张医生保持联系。她为什么，为什么不肯给我机会……”伊蓝泣不成声。

“她是爱你的。”秦老师说，“她在一年前就立下了遗嘱，你是她唯一的继承人。”

伊蓝慢慢走到前面，推开她卧室的门。她睡过的大床干净整洁，好像什么都没有发生，而她还会回来，躺在那里，一面看书一面对她说：“女孩子，好好读书才是最有用的。”

伊蓝的泪汹涌地流下来。过了很久，她转身对一直站在那里的王姐和小马哥说道："你们去找个宾馆休息，我想在这里待会儿。"

"是啊，你们太累了，去休息吧。"秦老师说，"有我陪着她，放心吧。"

"伊小姐，"小马哥说，"我先去订房间，我看你还是要跟我们回宾馆，只怕天一亮，会有记者来骚扰。"

"怕什么！"伊蓝说，"天亮的时候再说，要是有事我会打你电话的。"

"也好，让伊蓝静一静。"王姐最终拖走了小马哥。

门关上了，秦老师走到伊蓝身边，扶她坐下说："有件事我要告诉你，你知道你妈妈为什么一直不让你回青木河吗？"

伊蓝摇头。

秦老师说出的话是伊蓝根本想不到的，她说："其实，章老师就出生在青木河。她的初恋也发生在青木河，后来，那个男人辜负了她，跟别的女人结婚了。十九岁的时候，她离开了青木河，就再也没有回去过，并且，终身未嫁。"

"她从不曾跟我提起。"伊蓝说。

"那是因为，那个男人不是别人，就是你爸爸。"秦老师说，"你知道你的小名为什么叫小三儿吗？章老师为你爸爸流掉过两个孩子。因为不能怀孕，你奶奶坚决不允许他们结婚，为此，章老师差一点付出了生命的代价。后来，你爸爸听从家里人的劝告娶了你的母亲，没想到，你母亲的身体更差，三天两头生病。你母亲怀你的时候，你爸爸非常担心又会流产，所以，就干脆叫你小三儿。”

“不不不，”伊蓝摇着头说，“你在编故事，这只是一个故事。”

“我也是后来才知道的。”秦老师说，“这是上一代的恩怨，你不必去想它了，就当作故事听吧。只是你一定要明白，章老师是不恨你父亲的。这些年来，她对你付出的爱足以说明这一切，不是吗？”

“她恨我。”伊蓝绝望地说。

“不。”秦老师摇头。

“那为什么？”伊蓝不明白。

“因为，她觉得你不再需要她的帮助。”

“天！”伊蓝掩面，良久才缓缓地说，“我们送她回青木河。”

“好的。”秦老师说，“我想，她是希望回到那里去的。”

阔别多年的青木河早已不是当年的模样，到处都建起了高楼。伊蓝首先去了爸爸妈妈和“大嗓门”的墓地。青草依依，微风轻拂，伊蓝在墓前长跪不起。在王姐和秦老师的劝说下，她才肯站起身来离开。接下来，伊蓝去了当初她住的地方，那里已经建成了小区，有很多的高楼，过去的痕迹很难再辨别了。秦老师指着最后面的一幢楼房告诉伊蓝说：“小乐家就在那一幢，一百多平方米的房子，好大的呢。第二幢这边应该就是你家以前的老房子，不过你肯定认不出了。”

“都变了。”伊蓝说。

“那当然，十几年过去了。再过十几年，又该是另一番景象了吧。”秦老师感慨。

小马哥叫了一辆出租车，过来喊伊蓝说：“伊小姐，房间订好了，你去休息一下吧。”

“去吧。”秦老师也说，“我也该回家看看了，待会儿来找你。”

伊蓝上了车，车子把他们带到了青木河最好的宾馆——青木河宾馆。这回伊蓝认出这是以前叶眉他们拍戏时住过的那家，只是已经重建，变得更漂亮了而已。

小马哥办好手续，出来唤伊蓝：“伊小姐，可以进房间休息一下了。”

伊蓝拎着简单的行李进了宾馆的大堂，王姐替她把行李接过来，告诉她：“该安排的事都安排好了，程导也打来电话，非常关心你，你先安心休息一会儿。”

大堂里，一个胖胖的女孩正在吃力地拖地，一个大堂经理模样的人大声呵斥她说：“你过来，把这边好好擦擦！”

“就来，就来！”胖女孩忙不迭地拿着拖把跑了过去。刚拖过的地面很滑，她跑得快，没看见伊蓝，一不小心撞到她身上，重重地摔到了地上，屁股着地，半天爬不起来。

伊蓝连忙上前扶她。

她好重，王姐也过来帮忙，两个人拉了半天，才将她拉起来。

“谢谢，谢谢。”胖女孩连声道谢。

大堂经理走过来，满脸堆笑地说：“是伊蓝小姐吧，非常欢迎。听说您要来，我们已经替您准备好了最好的套房，希望您满意。”

胖女孩好奇地看着伊蓝，傻傻地笑着。

“去，忙你的去！”经理又呵斥她。

“哦哦。”胖女孩谦卑地笑着，拿着拖把走远了。

王姐示意伊蓝上电梯，伊蓝回身又看了胖女孩一眼，这才进了电梯。回到房间，伊蓝从钱包里拿出一大沓钱对王姐说：“麻烦你下去找到刚才那个胖胖的女孩，把这些钱给她。”

“怎么了？”王姐不明白。

“我说给她就给她。”伊蓝说。

“好吧。”王姐下去了。没过一会儿她就回来了，手里还是拿着那些钱，无奈地说：“她怎么也不肯要，说是会被开除的。”

伊蓝接过钱，没坐电梯，而是直接从楼梯噔噔噔地跑到楼下，看到她，大声喊道：“罗宁子！”

胖女孩茫然地抬起头来，很快又面露喜色：“伊蓝小姐，你怎么知道我的名字？”

“罗宁子，你过来。”伊蓝喊。

罗宁子放下手里的拖把，拘谨地走到伊蓝身边。

“你把这些钱收好。”伊蓝命令地说。

“伊蓝小姐，”罗宁子结结巴巴地说，“我，我，我没摔着，不要紧的。”

伊蓝生怕自己流下泪来，只好把钱塞到她手里，转身离开。罗宁子追上来，她还是那样，跑不快，跑两步就气喘吁吁。

伊蓝在楼梯上停下脚步，转身问她：“能不能告诉我，你为什么要来青木河工作？”

罗宁子的眼光停留在伊蓝的脸上，好半天，眼神如在梦游。

“不可能。”她喃喃地说，“不可能。”

伊蓝走到她身边，搂住她，在她耳边轻声说：“你可以叫我林小花。”

罗宁子反抱住伊蓝，放声大哭。

她还是那么爱哭，哭起来声音响亮肆无忌惮，跟当年在福利院里一模一样。

“伊蓝！”楼上传来王姐的声音，“你快上来，外面有影迷和记者来了，你快回房间里来躲着。”

伊蓝拍了拍罗宁子的背，上了楼。

罗宁子呆呆地站在那里，好久，好久。

处理完一切事情再回到京城的时候，天已经很热了，但伊蓝还是穿着长袖衣服，她没有回家，而是直接去了单立伟的家。

夜里一点，他已经入睡。开了门，见到伊蓝，把她迎进来，抱在怀里。

“我累了。”伊蓝说。

“睡吧。”他抱她上床，伊蓝冰凉的手脚贴着他，像一个婴儿，很快就进入了梦乡。梦里是旧时的青木河，童小乐一直跟在她后面跑，嘴里喊着：“小三儿，你等着我，你等着我，你等着我啊！”

伊蓝拔足狂奔，晚霞飞满天。

一年后

又是夏天。

《校服的裙摆》获得国际大奖，伊蓝也获得了“最受欢迎新人奖”。她的第二部戏更是受到关注，票房比第一部还要好出许多。娱乐版常常有她的消息，伊蓝的身世和爱情，成为很多好事者最为关心的事情，最新的一条新闻是：伊蓝息影出嫁，叶眉为情自杀。

伊蓝并不知道这个消息，她正在忙着收拾行李，门铃就在这时候响起。伊蓝在猫眼里看到是童小乐，连忙开了门。

“小乐，你怎么来了？”看他跑得满脸是汗，伊蓝赶紧迎他进来。

童小乐手里捏着一张报纸，沉着脸坐到沙发上，问伊蓝：“你还不够红吗？你要怎么炒作才觉得够？”

伊蓝不明白。

童小乐拿出一张报纸，用力地扔到茶几上。这个记者看来没少费功夫，整篇文章详尽地记录了伊蓝的过去，甚至有她当年参加《我为舞狂》比赛时的照片，指明她和单立伟之间的关系早在五年前就已经不清不楚。而上一代玉女掌门人叶眉说起“负心汉”则在媒体面前数度落泪，声称：我和伊蓝从来就不是朋友，我当初同情她带她出道，却没想到她会这样子伤害我……并于昨晚试图自杀，幸被经纪人及时发现……

伊蓝看完整篇报道，觉得非常滑稽。

“伊蓝，”小乐说，“远离这些是是非非不好吗？”

“小乐，”伊蓝也沉下脸来说，“这是我的事，我想你还是不要管得太多了。”

童小乐生气地说：“为了挣钱，你就愿意让别人这样子来诋毁你吗？”

“不算诋毁。”伊蓝冷静地说，“我是在和他谈恋爱。”

童小乐的眼珠就要掉下来了。

“我在五年前就爱上了他，当年那件事，报纸也曾津津乐道，我想你应该也有所耳闻。这张报纸说得一点也不错。我是爱上他了，他也爱上我了。”伊蓝指着床上的行李说，“我们今晚十二点的飞机，飞巴黎。不会再回来。”

“我的天，他已经四十岁了！”童小乐说。

“就算八十岁，也是一样。”伊蓝抱臂站在窗前，“爱情和这些没有什么关系。”

“是因为他有钱吗？”童小乐问。

伊蓝凄然一笑：“如果你要这么认为，也可以。”

“不，”童小乐说，“小三儿，我相信你不是那样的人。”

“那么谁是？”伊蓝回头，语气轻柔，“小乐，经过这么多年，我终于明白，每个人的幸福都是自己的事情，如果认定了，我们就要抓牢它，不能让它飞走。我很爱他，他让我明白爱的真正含义，让我明白，以前的好些年，我都是白活着。”

“小三儿，你别让我觉得陌生。”童小乐低下头去，把脸放到手掌心里。

就在这时候，电话响了，打电话来的人竟是叶眉。她对伊蓝说：“聊一聊，可以吗？”

“很忙。”伊蓝说，“晚上要走。”

“去欧洲吗？”叶眉问。

“是。”

“和他一起吗？”

“是。”

“还回来吗？”

“不回来了。”

“小三儿，我只想跟你聊聊。”叶眉说，“你现在出门，好不好？我在‘三杯水’等你。”

“好吧。”伊蓝想，有些事该交代的也确实要交代清楚。挂了电话，她对童小乐说：“对不起，我有事要出去一下。”

“你真的要跟他走吗？”童小乐表情痛苦地问。

“是的。”伊蓝狠狠心道。然后，她头也不回地带上门，出去。刚走到楼下，一辆疾驰的轿车直向伊蓝冲了过来，那车冲得突然，伊蓝被吓得不能动弹。就在这时，她感觉自己被谁用力地推了一下，倒在了马路的那一边。当她站起身来的时候，她看到了疾驰而去的车子、一摊鲜血和躺在地上的童小乐。

“小乐！”伊蓝扑过去，喊着童小乐。鲜血不断地从童小乐的身体里涌出。童小乐的脸开始变得苍白，他艰难地对伊蓝说：“小三儿，我今天来，本是想告诉你一个好消息，我升职了。小三儿，我升职了。”

“我知道了。”伊蓝流着泪说，“你别怕，我这就打120。”

“听我说完。”童小乐抓住伊蓝的衣袖，着急地说，“你知道吗？小三儿，我其实真的很笨的，可是我拼命地读书读书，你知道是为了什么吗？”

伊蓝流着泪摇头。

童小乐的声音低下去：“我要给她一个家，那个没有家的女孩儿。从小时候起，我就对自己说，我一定要给她一个家，穷其一生，我不会放弃努力。我不会……”

说完，童小乐的眼睛慢慢地闭上了。

远方，救护车的声音呼啸而至，伊蓝抱着童小乐，坐在地上，一动不动。

首都国际机场，单立伟在焦急地等待，而伊蓝的手机里传出的声音一直是：您所拨打的电话暂时无法接通，请稍后再拨……

散场了

医院外，记者排成了长龙。关于这场车祸，各种各样的猜测充斥了各家报纸杂志。有的报纸甚至直说这是一场蓄谋已久的买凶杀人案。所有的一切，只为了一个“情”字。

“荒唐！”叶眉在电话里对伊蓝说，“我们亲如姐妹，这些人却整日乱说，待我找了律师，好好修理他们。”

“嗯。”伊蓝只答了一个字，就挂掉了电话。

秦老师走过来，对伊蓝说：“你去休息一下吧。”

“我再待一会儿。”已经很长时间了，伊蓝都是这样坐在童小乐的床边，无论如何不肯离去。

童小乐没有死，却也没有醒来。医生说，他已经成了植物人，能否苏醒过来，完全要看运气。

“是我害了他。”伊蓝将头埋在秦老师的胸口，“是我对不起他。”

“这是意外，谁也不想发生的。”秦老师安慰伊蓝说，“小乐兴许很快就会醒过来，你要保重自己的身体，不要太自责。”

“不是意外！”伊蓝激动地说。

秦老师一把捂住她的嘴说：“你切记现在千万不能乱讲话，警方会处理这件事的。”

伊蓝转头看着躺在那里的童小乐，他神情安详，好像真的只是睡着了而已。

最后的对白

单立伟：我不会强求你做任何事。无论你做什么样的决定，我都会支持。

伊蓝：谢谢你，单先生。

单立伟：叫我立伟。

伊蓝：嗯。立伟，我爱你。

单立伟：我会去南方，你可以随时找我。

伊蓝踮起脚尖，将吻深情地印在单立伟的额头上。

最后的最后：一封信

阳光洒向病房，童小乐睡得还是那么地香。伊蓝趴在小桌子上写一封信，信是给萌萌的，她也用了洁白的信纸。电话响了，是王姐，对她说："伊蓝，别忘了晚上有通告，我会派车来接你。"

"好的。"伊蓝说，"医院的钱，记得替我交齐。"

"放心吧。"王姐说，"拍完这部戏，你的身价还会往上涨的。钱根本就不是问题。"

伊蓝挂了电话，靠在沙发上看她写的信：

亲爱的萌萌：

你好。

你那里的阳光，还是那么热烈吧？

二十年的人生，我却仿佛活过了几辈子。有时候想，不知道何时才会是尽头。唯一感到幸运的是，我还有勇气，还会坚强地活着，活给别人看，也活给自己看。

等小乐醒了，我带他回青木河，然后，我再和他一块儿去看你，去看海。

等着我，我一定会来。

你的伊蓝

（全文完）

后记

我写的每一个女孩子，都希望有人懂。

当我一笔一画把她们的生命慢慢完善在纸上的时候，也希望，我那一刻的心情，有人能懂。

所以，我喜欢在自己的论坛和博客上看读者的留言，看她们说自己喜欢妖精七七，喜欢伊蓝，喜欢莫醒醒。有时候看着她们诉说自己的伤痛，心情会很复杂。我当然希望每个读者每天都开心健康，但是，对于有着伤口的她们，我会觉得与我心里的那些女孩，惺惺相惜。

所以我喜欢看读者写给我的书评，她们用心阅读小说里的人物，总是能比所谓的专家学者评论家更让我感怀于心。

关于《校服的裙摆》，当年的评论有很多。不过我最喜欢的是下面方悄悄帮我写的那一篇。我去杭州签售这本书的时候，她从银行翘班出来，假装书迷站在队伍里。我记得我在火车的上铺，看她给我写的文字看到哭。

有的青春疼痛，有的青春不

文 / 方悄悄

一直觉得雪漫会说故事，而且她的故事自始至终与青春有关。会说故事的雪漫写了一本《校服的裙摆》，仍如往常，这个故事的主人公是一个女孩。饶雪漫曾经自嘲过自己故事的主人公“永远是一个女孩”。起因皆在于，她有一种洞悉这些女孩内心的奇异天赋。女孩子的的确确是水做的骨肉，而饶雪漫的小说就是水做的心。她讲述爱，不会有撕心裂肺，即使讲述人们之间的仇恨，她也仍然留有宽厚的余地。

这一次，故事开始在遥远阴郁的青木河。阴郁，是“青木河”三个字带给我的第一感觉。在这条河边，故事的主人公小三儿经历了孩童可能经历的最大不幸，丧母，失家，被送进孤儿院，除了关心她的老师和朋友童小乐，以及一把防身用的匕首，她一无所有。

再见到三儿的时候她改了名字叫伊蓝，在城市里，跟随性格古怪的养母孤单过活。

一路读来，觉得小三儿和少女伊蓝并不完全像同一个人。小三儿自尊倔强，性格里有股狠劲，能随时与欺负她的人针锋相对；而伊蓝是一个在重重变故之后学会了隐忍的少女，她把自己的骄傲和倔强压在皮肤之下，更多的时候，她愿意为爱她的人做出牺牲。也许这是因为，年幼的小三儿面对的不幸仍然是代号“单纯”的青木河；而成长后的伊蓝，要面对的则是更为诡谲的城市，恶意或善意的欺瞒，以及来自爱本身的伤害。

雪漫曾经说过，她喜欢伊蓝，喜欢她的冷静、强大，不易摧毁。作为作者，她当然最了解自己的主人公。当伊蓝选择自己的所爱，没有任何悲悲切切或多余的哭泣，她只是沉默地、坚决地用一个拥抱完成了爱人对自己的占有。最后，她获得了他始终守候的承诺。这一点在现实里几乎不可能发生，但是在饶雪漫的小说里，它的发生却在情在理。这是因为雪漫的小说始终有这样一种“爱”的气质，它不是现实里的爱，可也并非完全发生在梦幻里，它在现实与想象之间觅得了自己生存的夹缝。人们可以因为一些简单的理由，比如说，一种眼神而相爱，而一旦爱上，他们的付出就是百折不回的。

童小乐和单立伟，包括伊蓝自己，都是这爱情的实践者。尽管他们的方式各不相同。

童小乐的爱是漫长的、没有结果的等待，单立伟的爱是建筑一种美好的生活，而伊蓝的爱，不顾自身，坦承所有。然而，相比这些浓烈的，多少有些悲伤的予取予夺，我更喜欢饶雪漫笔下女孩们的爱情。固执地使用爱情这个词，也许不甚准确，因为异性间的情爱再纯真也总还是有所求，而女孩之间这样的情谊，则是完全纯粹的，带着更加天然的洞察力，并且不求回报。

或者这并不是爱情，而是一种对彼此美丽生命的欣赏。伊蓝的朋友萌萌出走后写给她的信，更像一次向遥远的时间谋求的和解，竭力挽留下最甜美的青春和友情的努力。这个受到过伤害的姑娘最后表现出一种全然清澈的宽容。在一本充满成长疼痛的书里，这样的姿势是一抹让人心动的亮色，因为它代表了痊愈的可能。最后伊蓝对萌萌做出了“一定回青木河”的承诺。这样的一个轮回，似乎雪漫想向我们证明，经历了生命的七弯八折，我们最终要回到最开始的那种疼痛，因为那疼痛里有甘芳甜美的密码。或许，这也是她开始“青春疼痛”写作的动机之一吧。

在阅读的过程中，《校服的裙摆》会引起读者的高度紧张，因为警觉这个故事随时都有滑向一个完全的悲剧的可能。而雪漫的坚持在于，她始终要给自己的主人公一个美好的结局，至少是，留下通向美好的一扇窗户。在小说的最后，伊蓝守候着昏迷的童小乐，她的足尖向左踏落就将收获渴盼已久的爱情和安宁，向右则是回归纯真的可能性。尽管这个故事里有阴郁和死亡，但是饶雪漫给了伊蓝选择幸福的权利。这份幸福并非毫无瑕疵，可还是如此让人感激。

有时候我会觉得，其实偶尔写些东西的人，很容易对世界持有悲观的态度，因为他们会看到更多的美好，同时也痛感这些美好的脆弱易折。

所以，看到雪漫的文字，我不能不觉得欢欣鼓舞，被她文字里包裹的柔软明亮的青春，激发出一些再次相信美好的勇气。

只要我们保持温柔和爱，最终会得到机会治愈我们自己的伤痛。这是作者固执的信念，这固执里有股女孩子天真而不服输的诚恳；而这，也是看完这本《校服的裙摆》以后，我所得到的最大感动。

饶雪漫

作家、编剧

十四岁开始写作，著有六十余部作品，有“文字女巫”之称，是当之无愧的青春文学领军人物，作品多次登上全国畅销书榜。

代表作：

《左耳》《沙漏》《离歌》《雀斑》《那些女生该懂的事》等

扫一扫，

分享你的读书心得，看看同爱这本书的人都在聊什么。

关注“果麦麦的好书博物馆”，每天推送一本好书，

90秒体验阅读快感，看编辑大大各显神通，

为你定制专属书单。

校服的裙摆

产品经理｜陈艺端　技术编辑｜顾逸飞

书籍设计｜王　雪　责任印制｜刘　淼

监　　制｜袁舒舒　策 划 人｜吴　畏

图书在版编目（CIP）数据

校服的裙摆 / 饶雪漫著. — 济南 : 山东文艺出版社, 2019.8

ISBN 978-7-5329-5884-9

Ⅰ. ①校… Ⅱ. ①饶… Ⅲ. ①长篇小说－中国－当代 Ⅳ. ① I247.5

中国版本图书馆 CIP 数据核字（2019）第 129754 号

校服的裙摆

饶雪漫 作品

主管单位 山东出版传媒股份有限公司
出版发行 山东文艺出版社
社　　址 山东省济南市英雄山路 189 号
邮　　编 250002
网　　址 www.sdwypress.com

读者服务 0531-82098776（总编室）
　　　　 0531-82098775（市场营销部）
电子邮箱 sdwy@sdpress.com.cn

印　　刷 天津丰富彩艺印刷有限公司
开　　本 880mm×1230mm 1/32
印　　张 7.75
印　　数 1 ～ 9,000
字　　数 153 千
版　　次 2019 年 8 月第 1 版
印　　次 2019 年 8 月第 1 次印刷
书　　号 ISBN 978-7-5329-5884-9
定　　价 39.80 元